Arthur-Heinz Lehmann

Hengst Maestoso Austria

Liebesgeschichte
zweier Menschen und
eines edlen Pferdes

Schneekluth

CIP-Kurztitelaufnahme der Deutschen Bibliothek

Lehmann, Arthur-Heinz
Hengst Maestoso Austria: Roman. – 28. Auflage
München: Schneekluth, 1978
ISBN 3-7951-0551-X

ISBN 3-7951-0551-X

Druck: Pera-Druck, Gräfelfing
Printed in Germany 1978 zo

Dies erzählt ein Pferdenarr aus dem Herzen heraus, just wie es ihm in die Feder gekommen ist. Ein Pferd und eine Frau teilen sich in sein Herz, das stark genug ist, um beiden Liebe zu geben. Ein ganzer Mann, wie ihn die Frauen gern mögen und wie er guten Pferden sattelrecht ist, berichtet mit humorigem, frischem Reitergeist, was in einem Pferdedasein und zwei Menschenleben geschieht, Gutes und Ungutes, wie es gerade kommt.

Aber selbst schreiben wollte er dieses Buch zunächst nicht, und als er es doch über sich brachte, hat er gemeint, daß es ihm einer gründlich durchsehen sollte, für den Fall, daß ihm hier und da ein zu offenes Manneswort mit unterlaufen ist. Und dann sollten die Satzzeichen eingefügt werden, mit denen er sich nicht hatte aufhalten wollen, weil er lieber im Sattel gesessen, als am Schreibtisch gehockt ist.

So hat er den Freund gebeten, daß der für ihn den Pegasus zäumt und tummelt. Und der Freund hat sich redlich bemüht, leicht und nachgiebig in der führenden Zügelhand zu sein, damit kein Wort zu papierener Literatur werde, sondern der schöne, natürliche Schwung erhalten bleibe, der beim Schreiben nicht minder wichtig ist als beim Reiten.

Aus der Sonne, ihr leuchtenden Götter
Habt ihr ein Roß gemacht!
Dirghatamas

Ein schlechter Reiter, der sein Roß nicht lobt!

Laßt mich von einem Pferd erzählen, dem schönsten und besten, das es je gegeben hat, und daß es mir gehört, müßt ihr mir glauben. Laßt mich von einer Frau erzählen, der schönsten und der besten, die es je gegeben hat! Doch ob sie mir gehört? Das möchte ich gern glauben!

Und laßt euch auch von mir erzählen, den sie, die Frau, den Unheiligen Georg nennt. Danach macht euch fürs erste euer Bild.

Schaut ihn euch an, den Hengst aus altem, edlem Blut! Kann er andere Namen tragen, als sie ihm Vater und Mutter, wie es der Brauch verlangt, vererbten? Maestoso Austria.

Nennt ihn schlicht, wie wir ihn selber heißen, den Majestätischen, damit zollt ihr ihm nur, was ihm gebührt.

Er ist der strahlendste Schimmel, den ihr je gesehen habt, der stolzeste Hengst, nach dessen Feuer sich jemals Stuten wiehernd sehnten, das frömmste Pferd, das je mit Kraft und Anmut einen Reiter trug...

Da ich mir nun bei Tag beschaue, was ich in der vorigen Nacht auf der ersten Seite geschrieben habe, möchte ich gern alles ausstreichen. Wo nämlich am Ende die drei Punkte stehen, habe ich gar nicht aufhören wollen, aber es ist vorzeitig abgerissen, weil der Majestätische just an der Stelle im Stall gewiehert hat, daß es mir wie Fanfarenstöße in die Ohren gellte. Draußen ist der Viehdoktor, den sie wohl zu einer Kuh in Kindsnöten geholt haben, vorbeigefahren, und dem Majestätischen ist der Geruch von des Viehdoktors dreijähriger Stute durch die offene Stalltür zugeweht. Die Stute ist auch zum Verlieben, und es ist eine Schande, daß sie einem Vieharzt vor dem klapprigen Wagen gehen muß, den sie aus dem Wirtshaus schon einmal hinausgeworfen haben, weil er so viel Geld beim Tarocken gewonnen hat, daß sogar dem Pfarrer, der schlechte Augen und deshalb von allem eine gute Meinung hat, ein Verdacht gekommen ist. Dieses Stütchen wäre ein Liebchen für den Majestätischen. Das meint er, sooft er es nur wittert, und ich fühle es ihm nach, weil ich mich nicht für besser halte als ihn und weiß, wie es ist, wenn einem so eine Liebe, bei der man nimmer über den Vorgeschmack hinauskommt, das Blut im Herzen zusammenströmen läßt. Der Majestätische schmettert dann seine Rufe in die Luft, daß es hallt wie bei den Trompetenstößen von Jericho, aber so ein armer Teufel von Mann, just wie sein Hengst in den besten Jahren, der kann nicht hellauf wiehern, der setzt sich vielleicht hin und schreibt einen schönen Brief, darin redet er dann um die Hauptsache herum, aber die Frau, die den Brief bekommt, hört es aus dem stummen Papier wiehern. Im Zeichen der Liebe geschehen halt Dinge, über die man sich wundert, und solche, über die sich keiner wundert, aber wunderbar bleibt am Ende doch alles.

Ja, und weil der Majestätische so herzzerreißend trompetet hat, da bin ich vom Schreiben weg hinaus in den Stall gelaufen, damit er einen Trost hat an mir. Zwei Unglückliche trösten einander immer am besten, weil das Mitleiden ehrlich und auf beiden Seiten ist. Was dem Majestätischen gegenwärtig das Stütchen vom Viehdoktor ist, das bedeutet mir die Ungarische, die mir, wie sie es nun seit Jahren tut, wieder einmal auf und davon gegangen ist unter ihre Pferde, die in der Pußta weiden. Der Majestätische ist noch besser daran als ich, er hält zwar mir die Treue, aber mit den Stuten nimmt er es weitherziger, da braucht nur eine die Füße zierlich zu setzen, eine andere den Kopf auf schlankem Hals schön zu halten und eine dritte den Schweif anmutig zu tragen, und wenn sie allesamt so herrlich duften, daß ihm beim Wittern die Nüstern wie im Rausch vibrieren, macht er aus seinem Liebesdrang kein Hehl, jede Stute ruft er dann. Und sein Ruf ist keine Frage, sondern eindeutige Forderung. Der Majestätische wäre, wenn er könnte, wie er wollte, ein Pascha. Dabei liebt er wohl im Grunde nur eine, das ist Deflorata, die Stute aus seinem Adelsgeschlecht von Lipizza, aber die ist weit weg in der Pußta, genau dort, wo sich meine Ungarische auch befindet. Ich treibe es nun nicht wie der Majestätische, es fällt nicht leicht, aber der Mann muß sich beherrschen können, weil es selten gut ausgeht, wenn ihm die eine Frau auf die Sprünge kommt, die er zu einer anderen tut.

Wie ich aber nun über den Hof gelaufen bin, ist mir in der Dunkelheit etwas Weiches unter die Füße gekommen, fort sind sie mir gerutscht, ich habe mich hingesetzt, aber nicht sehr hart, weil ich auf einen Haufen Roßäpfel vom Majestätischen geraten bin. Doch nachher habe ich nicht wieder in die Höhe können. Am linken Knöchel ist etwas verknackst gewesen.

Geschimpft und geflucht habe ich, daß der Majestätische einem nicht gerade solche Hindernisse in den Weg setzen sollte, wenn man mit liebeswundem Herzen umeinanderrennt, und es ist gewiß nicht schön, sobald einer aus dem Himmel der Sehnsüchte in die Roßknödel fällt. Aber die Pein im Herzen ist gleich übertönt worden von dem Schmerz, der mir in den Knöchel gefahren ist, und das hat ja tatsächlich für den Augenblick Erleichterung gegeben.

Aber als ich mich dann hochgerappelt habe und hineingehatscht bin ins Haus, da hätte ich doch den vertrackten Knöchel gegen zehn wunde Herzen austauschen mögen.

Der ganze Fuß ist im Stiefel geschwollen gewesen, und wenn ich nur ans Leder gekommen bin, habe ich gemeint, alle verjährten und künftigen Sünden meines Lebens abbüßen zu müssen.

So ist die Nacht herumgegangen, und heute morgen um fünf, als der Viehdoktor von seiner Kalbsgeburt zurückgekommen ist mit seiner koketten Stute, die alles verschuldet hat, da habe ich ihn hereingerufen, damit er mir den kranken Fuß zurechtrichtet. Die Naht vom Stiefelschaft hat er auf-

trennen müssen, und der Knöchel ist so dick gewesen wie das Kniegelenk von einem Pinzgauer.
Dann hat er die Geschwulst durchgeknetet und gesagt: »Dö Haxn is beim Teifi!«
»G'broch'n?« habe ich gefragt.
Genickt hat er dazu und gemeint, daß wir außerdem noch einen schönen Bluterguß hätten und möglicherweise auch gezerrte Sehnen. Einfach so dahergeredet hat er das, so wie er es tut, wenn er sich einen lahmen Ackergaul beschaut. Aber ich habe gedacht, daß so ein Viehdoktor sich vielleicht doch nicht so genau auskennt mit den menschlichen Haxn und daß alles halb so arg sein wird. Der Roßdoktor hat mir einen Verband um den Knöchel gelegt und gesagt, daß er in zwei, drei, vier Tagen, wenn er nach dem Kalb schaut, das er mit dem Strick ans Licht der Welt hat ziehen müssen, vorbeikommen wird. Lang liegenbleiben soll ich und dem Knöchel Ruh und Zeit lassen.
Und wie er das heraus gehabt hat, nachher ist draußen der Teufel losgegangen. Der Majestätische muß gegen die halbe Sommerstalltür getreten haben, der Riegel, der eh nichts Rechtes mehr taugt, ist aufgegangen, und wie wir also schauen, was es vorm Haus gibt, da ist doch der Majestätische dabei, mit der Stute vom Viehdoktor zu scharmutzieren, daß das Holz von den Anzen kracht und splittert. Aber das Stütchen zeigt sich nicht erschreckt, sondern tut das Ihre und zerrt im Geschirr, um es dem Majestätischen leichter zu machen.
»Malefizbock, elendiger!« hat der Viehdoktor geschrien und damit den Majestätischen gemeint. Hinaus ist er ge-

rannt, aus Angst, daß der ihm den Wagen zusammenhaut, und ich hab' vom Fenster aus mächtig mitgeschimpft und dabei ganz die Haxn vergessen.

»Fahr doch net mit aaner rossigen Stuten, daß mir der Hengst rebellisch wird! Der is aa bloß a Mensch!« hab' ich gerufen.

»Ja, a Mensch grad wie sei' Herr, der für solchene Sachen rundum bekannt is!« hat der Vieharzt erwidert und ist mit der Peitsche auf den Majestätischen losgegangen. Und während der sich aufrichtet, wie er es in der Hohen Schule lernte, und sich, mit den Vorderhufen nach dem Vieharzt hackend, zur Wehr gesetzt hat, habe ich ihm sekundiert und gerufen: »Saudoktor, wannst dem Majestätischen nur an aanzigen Schlag gibst, nachher hast sämtliche Blumentöpf' am Schädel!«

Aber es ist nicht nötig geworden, das Bombardement mit den Blumentöpfen von der Ungarischen, nur einen habe ich beim Gefuchtel heruntergestoßen. Der Vieharzt hat mir noch erwidert, daß er mir den Saudoktor schon ankreiden will, dann hat er einen ganz ungeordneten Rückzug auf den Kutschbock angetreten, die Stute hat mächtig Pfeffer bekommen, und dahin sind sie gefahren in einem Höllentempo. Der Majestätische hat ein paarmal geschnauft und den Kopf geschüttelt, daß ihm die schneeweiße Mähne in der Sonne geflirrt hat, nachher ist er in den Stall gegangen, schwer auf der Schulter mit hängendem Hals, weil ich ihm Pfui zugerufen habe, daß er sich hat schämen sollen.

Der Viehdoktor wird nun natürlich nicht zu mir hereinschauen, weil er einen Zorn auf uns hat, und so wird es nichts werden mit der Ruhe, weil doch der Majestätische sein Futter haben muß und ich auch. Aber gut ist das Unglück doch noch ausgegangen. Die Strafe hat diesmal den schuldigen Teil getroffen, die Stute, die den Majestätischen gereizt hat, bis er gewalttätig geworden ist, wie sie ihn just hat haben wollen. Die Hiebe hat sie bekommen, recht ist das gewiß, aber ich meine, sie hätten doch nicht zu sein brauchen. Was versteht so ein Roßarzt schon vom Seelenleben einer liebeskranken Stute? Der führt alles in Gemütsruhe auf die Säfte zurück und schimpft bloß, wenn ihm die Wagenanzen in Stücke gehn. Dem taugt die Liebe bei den Rossen nur zum Züchten, aber Pferde sind keine Säue und keine Kinihasen, sie haben vielmehr menschliche Eigenschaften in einer guten Zusammenstellung, von der man wünschte, daß man sie selber besäße. Der Majestätische ist, seit er so ums siebente Jahr herum gezeigt hat, daß ihm die Pferdemädchen Eindruck machen, von mir als Mann behandelt worden. Er hat, wie es einem stolzen Hengst ansteht, nicht als Mönch leben müssen. Ich denke oft an ein armes Roß, einen Hengst, der immer nur geritten wurde, vorne gekniebelt, hinten getrieben. Wenn er einmal einen Sprung getan hat, weil er nimmer gewußt hat, wohin mit der Spannung, ist er gestraft worden. Weil nun sein Herr und Reiter bei jedem Sprung heruntergeflogen ist, hat der ihm mit Sporn, Gerte und halber Haferration den Nerv töten wollen. Nachher ist es so gekommen, daß der Hengst den Dummkoller gekriegt hat, das Feuer des Bluts ist ihm ins Hirn geschlagen, und hin ist er gewesen. Sagt nicht, daß die Pferdeopfer abgeschafft sind! Unsere Vorfahren verbanden damit noch einen Sinn, heute werden die Rösser aus Unsinn zugrunde gerichtet. Dann macht schon lieber einen Hengst zu einem Gaul und degradiert ihn zum Wallach!

Ob nun die Roßmediziner meiner Meinung sind oder nicht, dem Majestätischen hat der leichtfertige Lebenswandel gut angeschlagen. Der Pfarrer hat ihn zwar das unkeuscheste Roß aus dem ganzen Land genannt, aber der hat gut reden, der darf von Berufs wegen nicht sündigen, außerdem hat das Alter ihm einen Riegel vorgeschoben, und den Hengst zu reiten braucht er auch nicht. Überdies hat er mit den Fohlen keine Schererei und braucht den Stuten nicht hinterher ins Gewissen zu reden.

In diesem Mai ist übrigens wieder im Dorf ein Fohlen gefallen, da muß der Majestätische einen Sprung über die Hecke auf die Nachbarweide getan haben; eine englische Halbblüterin hat drüben so lange gewiehert, bis er sich ihrer erbarmt hat. Wenn das Fohlen hält, was es verspricht, dann geben Lipizzaner und Englisch Halbblut ganz ordentliche Pferde. Vollends ist die Stute vom Viehdoktor eine Kladruberin und mit dem Majestätischen ein wenig im Blut verwandt, und so ist alles zu verstehen. Ihr wundert euch, warum ich jetzt immer noch gut auf den Majestätischen zu sprechen bin, obwohl die gebrochene Haxn im Grunde seine Schuld ist? Ich liebe ihn, und wenn er mich einmal rein aus Versehen treten sollte, würde ich ihm nach dem Huf schauen, ob er dort auch keinen Schaden genommen hat. Nennt mich einen Pferdenarren! Aber ich wünschte, ich könnte durch mein Beispiel deren recht viele machen. Die Rösser würden dann ein besseres Leben auf Erden führen.

Wie also nun der Viehdoktor mit seiner Stute davongerasselt und der Majestätische in den Stall zurückgeschlichen ist, da hat es mich doch gepackt im Knöchel und mich lang hingelegt, daß an kein Füttern und kein Putzen zu denken gewesen ist. Sogar der eigene Hunger ist mir vergangen.
Nach einer Weile habe ich den Majestätischen draußen schnauben hören, zum Fenster hat er hereingeschaut und ordentliche Hungerfalten um die Mundwinkel gehabt. Ich habe gemeint, er soll sich die hundert Schritte auf die Weide scheren, aber anscheinend hat er keinen Appetit auf Gras gehabt und ist über das Alpinum hergefallen. Das Edelweiß hat er gefressen und den Enzian, und es hat nachher ein strenges Verhör für mich gegeben, als die Ungarische gekommen und ihr Alpinum hin gewesen ist. Aber die Ungarische ist erst später gekommen, und das gehört, genau genommen, noch nicht hierher.
Hereingeschaut hat am Vormittag der Pfarrer, der so weißes Haar hat wie der Schimmel, bloß nicht so seidenfein ist es, mehr Roßhaar.
»Wannst di net mit kaputte Haxn auskennst, Pfarrer«, habe ich gesagt, »mei Seel' is beinand!«
»Ja, ja, Unheiliger Georg«, hat er milde erwidert, »jeden Tag sündigen, das is halt auch a geregelter Lebenswandel! Von welchem Kammerfenster bist denn abg'stürzt?«
Es ist ein Kreuz, wenn einen die Leute ein für allemal abgestempelt haben. Ich glaube, wenn ich auf eigene Kosten ein Heim für gefallene Mädchen errichten würde, nachher dächte der Pfarrer, ich ginge nur drauf aus, damit das Haus voll würde. Also hab' ich dem geistlichen Seelenhirten ins

Gewissen geredet, daß es eine Schande sei, einen Leidenden mit falschen Anschuldigungen zu kränken, anstatt ihm einen Trost zu geben. Der Pfarrer hat nachher dem Majestätischen Hafer geschüttet und mir versprochen, daß er jemand schicken wird, der sich um mich kümmern soll.
Und dann ist just jemand erschienen, den ich am liebsten aus dem Hause gewiesen hätte, wenn er nicht im Namen der Nächstenliebe gekommen wäre.
Die Mirl vom Lois ist es gewesen, und weshalb sie lieber hätte fortbleiben sollen, hat seine Bewandtnis. Der Lois ist ein Freund von mir, wie ich kein Bauer, aber wir werden im Dorf geduldet, weil wir unsern Bauern in den Kram passen und sie einen Sinn dafür haben, was wir treiben. Ich habe es, wie nun wohl jeder von euch gemerkt hat, mit dem Reiten und leider jetzt auch mit dem Schreiben, nicht abgezirkelt, sondern immer so frisch von der Leber herunter, ja, und der Lois, der malt und schnitzt und modelliert; was ich im Schädel hab', hat der in den Pratzen. Die Mirl ist seine rechte Hand, die macht ihm alles, das Essen, die Betten, schreibt ihm Briefe auf der Maschine, weil er immer mit den Kunsthändlern in den Städten hadert und mehr Geld fordert, als sie zahlen wollen. Die Mirl ist also ein Faktotum, aber kein altes, weil sie erst über die Zwanzig ist, und so gut beieinander, daß der Lois dem Pfarrer, der jede Woche nach dem Aufgebot fragt, immer sagt:
»Die Mirl, naa, die is zum Heiraten noch zu schad'!« Er will noch sein freier Mann sein, der Lois, dabei ist er genauso in festen Händen und nicht besser daran mit der Mirl als ich mit meiner Ungarischen. Aber der Mensch hat seine Illusio-

nen, und die soll er recht lange behalten.
Unser Pfarrer ist nun ein ganz feiner Politiker. Der meint, wenn es eines Tages mit der Mirl was gäbe, daß sie im Haus dann zu dritt sein würden, möchte es mit dem Heiraten rasch gehen. Deshalb predigt er den beiden, daß sie sich untereinander lieben sollen, aber sie möchten gegen die Bauern kein Wesen daraus machen, weil er ja hier in dem besonderen Fall für eine Sache spricht, gegen die er sonst von Amts wegen ist.
Wissen möchte ich nur, ob unser Pfarrer das alles selber glaubt, was er von der Kanzel herunter und auch bloß halbamtlich predigt. Daß wir uns da so ein wandelndes Gewissen im Dorfe halten, beweist, wie sehr wir auf ordentlichen Lebenswandel bedacht sind, wir kommen nur nicht immer dazu.
Ja, nun die Mirl! Mit der geht es mir so wie dem Majestätischen mit der Stute vom Viehdoktor. Weil mir aber die Freundschaft mit dem Lois lieber ist als ein Sündenfall mit der Mirl, geh' ich ihr aus dem Wege, sobald ich ihr nur allein begegne. Die Zeit ist nun gerade sehr kritisch, weil der Lois nach Wien gefahren ist und die Mirl schutzlos zurückgelassen hat. Und der Pfarrer in seiner Einfalt hat sie mir geschickt, die Versuchung. Will er mich ärgern, weil er meint, daß ich mit der vermurksten Haxn eh nichts ausrichten kann, oder hat ihn hier seine Menschenkenntnis, auf die er sich sonst wirklich mehr einbilden kann als auf seine Gottesgelehrsamkeit, im Stich gelassen?
Die Mirl hat mir gleich an den Verband gewollt, weil sie Erfahrungen mit verknacksten Knöcheln vom Lois her hat, bei

dem die Leidenschaft zum Skilaufen größer ist als sein Geschick dazu. Noch dazu hat sie gesagt, daß der Vieharzt nichts von der menschlichen Anatomie versteht, und die hat sie tatsächlich beim Lois auch gründlich weggekriegt, bei dessen Figuren stimmt der Körperbau immer haargenau.
Aber ich habe gemeint, die Mirl soll mir lieber Eier und Schinken braten, daß ich nicht noch auf dem Sofa liegend vor Hunger umfalle.
Das hat sie dann auch getan, und wie ich beim Essen war, hat sie mir mit ihren blanken, blauen Augen zugeschaut, die so seltsam aus dem weißen, mit kohlschwarzem Haar umrandeten Gesicht blicken.
Und die Augen, so ganz in der Nähe, haben mich derart verlegen gemacht, daß mich die Mirl gefragt hat:
»Was hast denn? Willst sonst noch was?«
Nun hab' ich ja nicht sagen können, was ich am liebsten hätte wollen mögen, leicht hätte sie erwidert, daß ich mich schämen möchte, an solche Dinge zu denken mit einer kaputten Haxn am Leib. Mag sein, daß sie an den Lois erinnert hätte, aber so sicher bin ich da nicht, an so vielerlei Sachen kann der Mensch nicht denken, wenn ihm eine einzige das Hirn gründlich durcheinanderbringt.
Nachdem die Mirl gottlob fort gewesen ist, habe ich einen Entschluß gefaßt: Die Ungarische soll wissen, wie schlecht es um mich steht. Und nachher soll sie eiligst kommen, wenn es ihr ernst ist mit der Liebe, die nun schon so lange währt, so viel der Majestätische Jahre zählt. Aber daß ich auf den Roßäpfeln ausgerutscht bin, kann ich ihr nicht schreiben, viel heldenhafter muß ich zu Schaden gekommen sein,

damit sie nicht mitleidig lächelt, sondern mich bewundert, daß ich überhaupt noch am Leben bin. Ja, und Gründe gibt es sonst noch genug: Den Majestätischen kann kein anderer reiten außer uns beiden, mir gehorcht er, weil er weiß, daß er wider mich nichts ausrichten kann, und unter der Ungarischen geht er wie ein frommer Zelter, weil er sie liebt und ihr nicht weh tun möchte. Was zwischen den beiden wirklich ist, möchte ich gern einmal herausfinden, aber dahinter werde ich nie kommen, ich werde schon aus der Ungarischen und mir nicht klug.

Daß sie das Alpinum wieder wird neu aufbauen müssen, will ich lieber nicht schreiben, und das mit der Mirl auch nicht, es hat überhaupt keinen Sinn zu schreiben, das dauert drei Tage, und inzwischen kann hier wer weiß was passiert sein, wo mich so viele Gefahren umdrohen. Da muß telegrafiert werden, und das geht bloß von Salzburg aus, weil ich dem Posthalter im Dorf nicht den Mund aufsperren will, daß ich die Ungarische mit der Haxn so anlüge, und telefonisch aufgeben geht auch nicht, weil den Apparat der Posthalter hat. Schicken kann ich keinen nach Salzburg, weil der einzige Vertrauenswürdige, auf den ich mich bei jedem Schwindel verlassen kann, der Lois, eben in Wien ist. So müßte ich selber nach Salzburg, aber wenn ich daran denke, daß ich den Majestätischen vor das Laufwagerl spannen soll, das mit seinen knochenharten Federn stößt, daß einem das Fleisch vom Gebein prallt, wird mir der ganze Entschluß leid. Bleibt nur noch übrig, daß ich den Majestätischen sattle und daß er mich sanft im Schritt und im weichen Wiegegalopp nach Salzburg zum Postamt bringt, damit ich dort das Telegramm aufgebe, das dann bloß der Beamte liest, und der muß seinen Mund halten, weil es auf seinen Diensteid geht. Wenn wir jetzt losreiten würden, schön sacht, zwei Stunden hin, zwei her, dann könnten wir in Salzburg zur Jausen und zum Nachtmahl wieder daheim sein.

Nun brauche ich keinem zu erzählen, daß es eine Pein ist, wenn man auf einem Bein hupfen muß, während das andere schwer ist wie Blei, aber der Majestätische hat sich wie immer brav satteln und zäumen lassen.

Gedreht hat er sich bloß, als ich hab' aufsitzen wollen, weil er es nicht gewohnt ist, daß ich ihm fluchend und ächzend auf den Sattel krieche. Aber von der Stiege aus ist es mir nachher doch gelungen, und so sind wir zwei losgezogen nach Salzburg. Der Majestätische ist stolz gegangen wie ein Spanier, denn seine Vorfahren waren edle Rosse aus Andalusien, und ich bin ihm im Sattel gesessen, die Bügel übergeschlagen, wie eine Glucke auf den Eiern, weil es im Knöchel doch gestaucht hat, so weich der Majestätische auch in seinen Sprungfedergelenken gegangen ist.

Ja, und am gesunden Bein ist ein feiner Reitstiefel gesessen, wie ihn bloß unser Leibschuster in Budapest, der Szábo Ambrus, fertigbringt. Am kranken Bein aber ist ein riesiger Filzpantoffel gesteckt, gute handfeste Arbeit vom Schuster-Toni aus unserem Dorf, dem es mehr auf die Dauerhaftigkeit ankommt als auf die edle Linie. Weil mir der Schlapfen auf dem Verband aber nicht wie angegossen gesessen ist, sondern immerzu hat herunterfallen wollen, habe ich ihn schließlich abgezogen und unter den Arm geklemmt.

In Salzburg kennen sie uns, den Majestätischen, die Ungarische und mich, aber in einem solchen Aufzug sind wir noch nie beim Mozart und am Glockenspiel vorbeigekommen, und in die Post hinein bin ich immer munter gelaufen und noch nie mit dem Pantoffel unterm Arm auf einem Bein hineingehupft.

Wie ich noch dabei gewesen bin, mir einen rechten heldenhaften Schwindel für die Ungarische auszudenken, da hat das Glockenspiel »Üb immer Treu und Redlichkeit« gespielt, aber von festen Vorsätzen lasse ich mich nicht abbringen.

Den Majestätischen habe ich einem Fiaker zum Halten gegeben, aber der muß wohl eingeschlafen sein. Nachher ist der Hengst am Vorgarten vom Glockenspiel-Café gestanden, weil er weiß, daß wir dort immer einkehren. Aber so weit sind wir noch nicht, erst kommt noch das Telegramm, an dem habe ich eine gute halbe Stunde herumverfaßt, und was nachher ins reine geschrieben wurde, hat also gelautet: Geliebte Ungarische! Wir sind schwerkrank, ich bin auf der Haxn verunglückt, der Majestätische ist im Futter sehr heikel. (Das war eine schonende Vorbereitung auf das abgefressene Alpinum.) Alles, weil wir Kapriolen probiert haben. (Die Kapriolen sind bloß ein halber Schwindel, außerdem wird die Ungarische stolz sein, daß wir angeblich solche schwere Sprünge aus der Hohen Schule können sollen, scharf ist sie schon lange darauf.)

Dann ist es weitergegangen:

Wir brauchen dringend Deine Pflege. Komm postwendend! Dein Unheiliger Georg und der Majestätische. Geschaut hat der Beamte nicht schlecht, wie ich das Telegramm aufgegeben habe an die Gräfin Marika Szilády, aber angenommen ist es worden, und eine Menge Geld hat es gekostet, daß ich nachher im Kaffeehaus die Jausen hab' schuldig bleiben müssen.

Der Heimritt ist nicht so gut gegangen, der Knöchel hat mächtig rumort, und der Schmerz ist durch die Wade entlang bis hinauf in den Schenkel gezogen, und ich hab' den Lechnerbauern, der gerade wegen dem Winterholz hat vorsprechen wollen, bitten müssen, daß er mir den Majestätischen gut versorgt und mir mit seinem Holz für jetzt den Buckel hinaufsteigt. Wie ich dann wieder lang gelegen bin, bin ich aufs Wünschen verfallen; der Pfarrer hätte es freilich mit Befriedigung als Beten genommen. Herrgott, hab' ich gewünscht, schau, daß die Ungarische übermorgen da is, sonst geh' ich zum Teufel!

Das wäre also nun die Vorgeschichte von der Lebensbeschreibung des Majestätischen und was sich sonst so begeben hat zwischen der Ungarischen und mir. Und wenn mir einer sagt, daß es nicht gut ist, eine Geschichte von Roß und Reiter mit einer gebrochenen Haxn anzufangen, dann versteht er nichts von der Sache und ist auch nicht wahrheitsliebend. Mit Pferden können einem noch heiklere Dinge passieren, als daß man sich in die Roßäpfel setzt, weil gerade eine Stute draußen vorbeikommt und der Majestätische wie ein depperter Posaunist trompetet, daß es ans Herz geht und einem der Faden abreißt, wenn man gerade eine schwungvolle Lobeshymne auf die beiden Wesen, die einem teuer sind, verfassen will. Besser der Knöchel gebrochen als das

Herz; der heilt, aber mit einem Herzen, das hin ist, taugt keiner mehr zum Reiter!

Eine Nacht geht noch hin. Wie schwere Wagen, deren Räder im aufgeweichten Feldweg steckenbleiben wollen und die von lahmen Gäulen gezogen werden, so schleppen die Stunden. Ein Mensch, der schlaflos im Bett liegt, ist kein Gerechter. Sonst verstreicht ihm das bißchen Lebenszeit viel zu rasch, daß er sie zügeln möchte und meint, daß er auf einem durchgehenden Roß sitzt, aber wenn vor lauter Warten der Schlaf nicht kommen will, dann weiß er mit der Zeit nichts anzufangen und möchte sie regelrecht totschlagen.

Wärme kommt durchs offene Fenster, und auf dem Sofa ist es wie im Backofen, daß ich die Decke zur Seite werfe. Draußen vergeht die Zeit, an den mancherlei Geräuschen gemessen, gehaltvoller. Da ist eine Katzenhochzeit, die sich anhört, als ob zwei alte Eheleute miteinander streiten. Sobald die beiden anfangen zu rasaunen, bleibt jedesmal dem Sprosser, der mit seiner Frau in meinem Garten nistet, das Lied in der Kehle stecken. Wenn es still ist, fängt er wieder von neuem an, eine ganz zuversichtliche Fröhlichkeit hat der, und sie täte mir auch not.

Nachher singt noch einer, das ist der Korbinian, der Wassermüller, der sich jeden Abend mit Wein vollaufen läßt und dann musikalisch wird. Am Tag schafft er für drei, deswegen säuft er am Abend auch für drei. Er schaut drauf, daß bei ihm die Rechnungen immer genau aufgehen, ein ordentlicher Mensch ist der Korbinian, und einer, der weiß, was er will, obendrein. Da ist er mal vom Steg, der zu seiner Mühle führt, in die Salzach gefallen. Weil er offenbar an diesem

Abend den Wein ein wenig ungleich geladen hatte, zog es ihn seitlich herunter. Da hat sich der Korbinian wieder aus dem Wasser gerappelt und es noch zweimal probiert, glimpflich über den Steg zu kommen. Zum dritten ist es ihm gelungen, und es hat ihm das Selbstbewußtsein, das ein jeder braucht, mächtig gestärkt, daß er zwar patschnaß, aber gewissermaßen doch trockenen Fußes, wie es hat sein müssen, in seine Mühle gelangt ist. Eine beneidenswerte Natur ist der Korbinian schon! Und schlafen wird er nun auch können, nach dem Wein und seinem Abendlied...

Der Majestätische scheint auch kein Lager zu finden, ich höre ihn über den Pflasterstreifen vorm Stall tappen, und nachher kommt er zum Fenster und steckt den Kopf herein. Im Licht gegen den Mondschein flimmern die Linien seines Kopfes silbern.

»Ja, ja, gut schaun wir aus, Majestätischer!« sage ich traurig. Er wiehert ganz leise und dunkel, wie er es immer tut, wenn er meiner Stimme anhört, daß es bei mir innen schlecht aufgeräumt aussieht.

Ein ganz Kluger und Feinfühliger ist der Majestätische, dem braucht man seinen Kummer nicht erst wie einem Menschen mit Worten klarzumachen, der merkt ihn am bloßen Klang der Stimme, und wenn er helfen könnte, dann tät er es gewiß. Aber es ist schon gut, daß er überhaupt nach mir geschaut hat, daß er da ist.

Der Korbinian singt immer noch: »Ja, ja, der Wein ist guat, i brauch' kan neichen Huat...«

Und da wirkt sein Beispiel. Ich habe doch da noch ein paar Flaschen Gumpoldskirchner liegen, und eine solche Medizin kann ich jetzt schon brauchen. Aber allein trinken, das habe ich mein Lebtag nicht gern getan. Zum guten Tropfen gehört ein gutes Wort, sonst schaut nichts Gescheites heraus beim Trinken.

Also steh' ich auf und hole zwei Flaschen und nachher hupf' ich noch einmal hinaus in die Küche und hole zwei Gläser, damit ich wenigstens eine Illusion habe.

Dann schalte ich alle Lampen ein und mache eine rechte Festbeleuchtung. Der Majestätische spitzt die Ohren und wiehert um einen Schein heller als vorhin, er meint wohl, daß ich recht tue und auf dem Weg zur Besserung bin.

»Hörst, Majestätischer, komm herein!« sag' ich. »Ich hab' schon mit argen Taugenichtsen an einem Tisch zusammen trinken müssen, wo man ihnen nicht hat sagen dürfen, daß man sie haßt, weil es nicht den gesellschaftlichen Sitten entsprochen hätte. Komm herein, Majestätischer, ich will heute mit dir trinken, mit dem besten Burschen, der je mein Freund gewesen ist!«

Die Haustür habe ich ihm aufgemacht, und der Majestätische ist in die Stube getappt.

Den Rauchtisch, den Wein und die Gläser schleppe ich neben das Sofa, und wie ich mich niederlegen will, meine ich, daß der Majestätische ja auch etwas haben muß. Also hupfe ich nochmals hinaus und hole Zucker.

Und sooft ich die Gläser umschichtig hebe und drauf trinke, daß die Ungarische bald kommen möge, kriegt der Majestätische seinen Zucker, den kaut er dann langsam, damit er einen rechten Genuß hat, und nachher versucht er, mir das nächste Stück abzuschmeicheln.

So kommt es, daß die Dose genauso schnell geleert ist wie die beiden Flaschen, und dann hat es mich erwischt.
Was ich mit dem Majestätischen geredet habe, weiß ich nun nicht mehr genau. Versichern kann ich nur, daß wir am Morgen aufgewacht sind bei brennendem Licht. Der Majestätische ist auf der Haargarnmatte gelegen, er hat bloß amal kurz geschaut und mit einem Ohr gewinkt, als ich aus dem Schlafe gefahren bin, weil der Posthalter zum Fenster hereingerufen und mit einem Stück Papier herumgefuchtelt hat.
»Da wär a Telegramm für dich!« sagt er. »Is von Salzburg kemma vor aner Stund'!«
»Und da bringst es jetzt erst!« fahr' ich ihn an.
»Bitt schön, vor nein Uhr is kaa Amtszeit!« schnauzt er zurück, haut mir das Telegramm aufs Fensterbrett und geht davon, damit er es rechtzeitig verbreiten kann im Dorf, daß der Unheilige Georg seine Roßnarretei jetzt höllisch weit treibt und sogar mit dem Gaul zusammen schlafen geht.
Mit ehrfürchtiger Eile, wie ich es bei Telegrammen immer halte, öffne ich also die Botschaft und lese:
Bin schon in Wien. Wenn der Enzian durchhält, bin ich am Nachmittag bei euch. Eine Million Küsse. Eure Ungarische.
»Du, Majestätischer, sie kommt!« schrei' ich, springe vom Sofa herunter aufs kaputte Bein und fluche, daß der Schmerz auch gleich wieder verfliegt.
Ja, was könnte man denn nun gleich anstellen? Der Mensch muß sich doch bewegen, wenn ihm das Herz tanzt!
Erst müssen wir wohl die Reste vom Trinkgelage wegräumen, den Aschenbecher, der einen Haufen hat, die Flaschen und die Gläser. Damit wäre ja dann die Ordnung wieder-

hergestellt, der Majestätische muß hinaus, bis jetzt hat er weder gestrahlt noch gemistet, er ist ein stubenreines Roß. Aber geputzt muß er werden, denn darin versteht die Ungarische keinen Spaß, die fährt dem Majestätischen über den Rücken gegen den Strich, und wenn ihr dann ein Stäubchen in der Hand bleibt, möchte ich ihren Blick nicht sehen.

Wie wir also beide vorm Stall stehen und ich den Majestätischen schön mache, kommt die Mirl, aber nun kann sie mir nichts mehr anhaben, die vom lieben Gott durch die Vermittlung vom Pfarrer geschickte Versuchung. Ich bitte sie recht schön, daß sie im Hause richtet, was nicht am rechten Fleck steht.

An ihren Spottaugen seh' ich, daß der Posthalter ihr's schon hinterbracht haben muß, daß der Majestätische in einer Stube mit mir geschlafen hat, und wie Frauen sind, kann sie es sich noch nicht versagen, eine anzügliche Bemerkung zu machen.

»Na, bist so b'soffn g'wesen, daß du 's Roß in die Stuben geholt hast zum Schlafen?« fragt sie.

»Mach dir nix draus, Mirl!« sag' ich. »Wann i nachher dich g'holt hätt', wär am End an ka Schlaf zu denken gewesen, wie ich dich kenn'!«

»Puh!« macht die Mirl. »Du g'fallst mir, Großkopfeter! Da tät eher der Himmel z'sammfall'n, eh daß ich zu dir auf die Nacht zum Schlafen käm!«

»I red ja net vom Schlafen, Mirl!« erwidere ich.

Da streckt sie mir die Zunge heraus und geht ins Haus.

Ein fesches Mädel ist sie schon, und es ist gut, daß die Ungarische kommt und mir das Entsagen so leicht fällt.

Wie ich dem Majestätischen gerade den Schweif auskämme, der bis auf zwei Handbreiten über dem Boden lang ist, kommt der Pfarrer.

»Unkraut vergeht net!« sagt er lächelnd zu mir. »Aber du, sag, bist spinnat 'wor'n, daß du 's Roß mit in die Stuben ...«

»Laßt's mi doch endlich aus!« schrei' ich und trete mit dem kranken Fuß auf, damit mir der folgende Fluch auch recht ordentlich gelingt. Und so ausgesucht gut ist er, daß der Pfarrer ganz erschüttert dasteht.

»Fluch net so infernalisch!« sagt er milde. »I moan bloß, es is schon a G'red im Dorf!«

»Da schau her!« sag' ich. »Wann die Bauern ihre Lausköter mit ins Bett nehmen, damit sie ihnen die g'schnecklaten Füaß wärmen, nachher is nix, aber wann i den Majestätischen, der inwendig eine so weiße Seel' hat, wie er außen is, mit ins Haus nehm', nachher reden s' herum! Naa, Pfarrer, spinnat bin i net, net so, wie ihr moant. Spinnat bin i vor Glück! Die Ungarische kommt! Da hast wieder a Haus mehr, wo Leut z'sammenwohnen, die sich's Eheglück bevorschussen!«

»Ah, die Frau Gräfin kommt!« sagt der Pfarrer, der an solche unheiligen Bemerkungen von mir gewöhnt ist. »Da gäb's ja wieder amal a gute Schachpartie!«

»Ja, sie kommt, die Frau Gräfin!« äffe ich ihn nach. Er ist der einzige im Dorf, der immer Frau Gräfin sagt. Er hat einen Hang zur Vornehmheit, unser Pfarrer, deshalb bringt er sie halt an, wo es nur geht. Mit uns muß er immer deutlich reden, und er kriegt auch Antworten, die nicht durch die Blume gesprochen sind.

»Wannst dös Roß schön machst, nachher vergiß di net zu rasieren«, sagt der Pfarrer, weil er mir auch eins auswischen möchte. Aber da hat er schon die Parade von mir.
»Was sagst? Bloß rasieren, Pfarrer? A Bad nehm' i, damit i blitzsauber ausschau überall, net bloß im G'sicht!«
»Solltest net so wollüstig daherreden, Unheiliger Georg«, sagt er. »Pfleg lieber die Haxn und schon sie!«
»Geh, Pfarrer, was a rechte Liab is, die überwindet alles!« erwidere ich ihm, weil er mit den Zweideutigkeiten angefangen hat. Und als ich ihm das vorhalte, nachher ist er tödlich beleidigt, und wie ich ihm noch sage, daß er mir kein junges Weiberzeug ins Haus schicken soll, da fällt er aus allen Wolken und meint, ich sei nicht einmal ein Unheiliger Georg, denn der Heilige hätte Witwen und Waisen beschützt. Aber sie ist nicht verwitwet, die Mirl, und ihre Eltern leben im Pongau, munter und rüstig! Also der Vergleich hinkt auf beiden Füßen!
Der Pfarrer gibt es auf mit mir. Er rechnet meine Frechheiten wohl dem Glücksgefühl zu, das in mir tobt, er kennt seine Leute, aber er versucht es immer wieder, uns zu bessern. Freilich, die Ungarische dürfte nicht zuhören, wie ich da so respektlos mit dem Pfarrer rede. Sie kann überhaupt keine Zweideutigkeiten ausstehen, außer ich flüstere ihr sie ganz eindeutig zu, dann müssen sie aber auch nett anzuhören sein, damit sie nicht rot dabei wird. Sonst wird sie vor Ärger darüber noch röter, und fertig haben wir den Krach. Ich muß mich nun auch langsam umziehen, damit sie nicht wieder sagt, ich sei verwildert. Nachher schleppt sie mich womöglich zur Strafe in Budapest bei den vornehmen Leu-

ten herum, und ich kriege wochenlang keinen Roßschweif zu sehen, von ärgeren Strafen ganz zu schweigen. Erst wenn ich nachher wieder richtig am Zügel gehe, läßt sie mich ein wenig länger, dann fahren wir aufs Gut in die Pußta und verwildern miteinander. Es ist ein schönes Leben mit der Ungarischen und mit den Rossen!

Der Pfarrer steht noch eine Weile herum und füttert den Majestätischen mit Keks, weil der ihn anbettelt, dann sagt er ganz friedlich:

»'s Gott!«

»In alle Ewigkeit, Amen!« sag' ich, damit er sich freuen soll. Aber es war wohl auch wieder nicht richtig, er schüttelt das weiße Haupt und geht von dannen.

Die Mirl steckt den Kopf zum Schlafzimmerfenster oben heraus und fragt, ob ich sonst noch was möchte.

Und ich stemme die Fäuste in die Hüften und rufe hinauf:

»Gleich scherst dich außi! Was treibst in der Stuben, ha?«

»Zurechtg'macht hab i s', Depp!« antwortete sie.

»An Kaffee kannst noch kochen«, sage ich, gerührt von so viel Aufmerksamkeit, und sie verschwindet vom Fenster.

Ja, da oben die Schlafkammer, die ist bloß für uns, für die Ungarische und mich, gute, redliche Bauernbetten stehen drin, und alles ist ordentlich, die Sessel und die Schränke stehen auf festen Beinen und haben Schnitzwerk, das der Lois gemacht hat. Griechische Mythologie, ins Salzburger Ländliche übersetzt. Götter, Göttinnen und Rosse tummeln sich da, daß der Pfarrer den Kopf darüber schütteln würde. Aber er würde nichts machen können, denn so steht es bei den alten Griechen zu lesen, die das Lebensglück bei allen

vier Zipfeln zu packen verstanden haben.
Eine gute Schlafkammer ist es, mit einem kräftigen Riegel an der Tür, und zum Fenster herein schauen die Berge. Klare Luft ist immer dort drinnen, und die blau-weiß karierten Betten, wenn man die recht anschaut, nachher kann man gar nicht daran denken, daß auf solchen biederen, grundguten Polstern Sündhaftes geschehen könnte. So recht ein Gemach für zwei Glückliche ist die große Schlafkammer da heroben, und wenn die Ungarische nicht im Hause ist, dann schlafe ich unten auf dem neumodischen Sofa, das sich mit drei Griffen in eine Bettstatt verwandeln läßt.
Nun hat die Mirl sogar da oben Staub gewischt, und das ist lieb von ihr. Sie mag die Ungarische gern und mich wohl auch, mir zeigt sie's bloß nicht. Aber wer weiß, wofür das gut ist. Nun ist auch der Majestätische fertiggestriegelt, er bekommt sein Futter, zur Tränke geht er selber, und ich ermahne ihn, daß er sich reinlich halten soll für den Tag. Er tut es ja ohnehin, der eitle Schimmel, der jeder Drecklacken ausweicht, aber ich ermahne ihn eben, damit er die Bedeutung des Tages recht erkennen soll.
Die Mirl hat einen schönen Frühstückstisch gerichtet, und wie ich mich hinsetze, merke ich erst, daß in dem Knöchel wieder der Satan rumort.
»Der Meinige kommt heut aa z'ruck!« sagt die Mirl mit glänzenden Augen. »Er hat die Marika in Wien getroffen, i hab aa a Telegramm kriegt!«
»Kommen die am End' miteinand'?« frag' ich.
Die Mirl nickt.
»Nachher können ma aa miteinand' wart'n«, sage ich.

Die Mirl nickt.
»Komisch«, frag' ich, »daß mir meine Ungarische da nix erwähnt hat, daß sie den Lois in Wien auf'gabelt hat?«
»Vielleicht hat sie schon vorher depeschiert g'habt«, meint sie, und damit ist das Problem gelöst.
Aber da stößt mir eine andere Frage auf.
»Woher weißt denn du überhaupt, daß i a Telegramm kriegt hab?«
Die Mirl lacht.
»Na, woher schon? Vom Tagblatt!« sagt sie.
Tagblatt nennen wir den Posthalter, dem man bloß was im Vertrauen unterm Amtssiegel der Verschwiegenheit zu sagen braucht, wenn man will, daß es das ganze Dorf erfahren soll. Wann einem Gaul ein Wind davongeht, nachher hört der's, und dann erzählt er im Wirtshaus, unsereiner sei's selber gewesen.
Aber ich muß mich jetzt auch wieder einer anständigeren Denkweise befleißigen, wo die Ungarische bald kommt, deshalb sage ich streng hochdeutsch zur Mirl:
»Ich hoffe, daß der Alois in Wien recht gute Geschäfte gemacht hat.«
Die Mirl schaut mich mißtrauisch an und fragt, warum ich auf einmal so lackiert rede, als ob ich aus Berlin gekommen wäre. Recht hat sie, das Hochdeutsche, das man redet, wie es gedruckt steht, ist lackiert, aber farblos darunter, und der Ungarischen, die in Wien und hier ihre zweite Heimat hat, bin ich auch am liebsten, wenn ich spreche, wie mir der Schnabel gewachsen ist, bloß gut gewischt und gewetzt muß er sein.

»Hast denn drüben bei euch schon alles g'richtet?« frage ich die Mirl, und die hat natürlich schon alles blitzblank, sogar Blumen sind im Haus. Blumen liebt die Ungarische auch, aber wie soll ich mit der Haxn, die mir jetzt glüht wie im Fieber, hinaus und Blumen holen?
Die Mirl geht, während ich esse und trinke, und als sie zurückkommt und unten in den zwei Zimmern die Blumen verteilt hat, will sie hinauf.
»Dös tu' i selber!« sage ich.
»Sei net fad!« meint die Mirl. »I schau euch da heroben nix weg!«
Recht hat sie, und schön ist es, daß sie daran gedacht hat, wie sehr die Ungarische die Blumen liebt.
Als sie wieder herunterkommt, meine ich, daß wir, bis unsere Leute anlangen, zusammen wirtschaften sollten. Die Mirl möge also bei mir ein Mittagmahl für uns zwei kochen. Gemeinsam wartet es sich besser.
»Was glaubst, wo sie jetzt sind?« frage ich die Mirl, die schon in der Küche ist.
»In Melk vielleicht!« schreit sie herein.
»Aber geh, Mirl, dö san bestimmt schon in Linz!« rufe ich, weil ich es doch so schlecht erwarten kann.
»Schön wär's schon!« meint die Mirl, die realer denkt und weiß, daß man besser fährt, wenn man die Erwartungen niedrig spannt, damit man nachher um so höher erfreut sein kann.
Dann fällt mir das ramponierte Alpinum ein. Da wird die Ungarische freilich ihr Schlechtwettergesicht aufstecken. Ich hupfe in die Küche und sage:

»Mirl, wo krieg' i an Enzian her?«
»Is dir net guat?«
»Aber wo? Ich maan Blüten, Pflanzen, kan Schnaps!«
»Ja, dös Alpinum is hin«, sagt sie traurig. »Aber die Marika wird net mit dir schrei'n, wann sie sieht, daß der Majestätische drüber her g'wesen is und du nix dafür können hast!«
Da hat sie schon wieder recht, die Mirl, und das Alpinum fällt mir mit sämtlichen Steinen vom Herzen. Gut vertragen wir zwei uns übrigens jetzt, die Mirl und ich, kein Wort ist bisher ausgekommen, das ein Spott gewesen ist. Ja, wir freuen uns eben, und da kann man nix machen!

Gerade ist der Kaffee fertig gewesen, da hat es am Eingang vom Dorf gehupt, und gleich ist er dagewesen, der Enzian, der Ungarischen ihr Auto mit der blauen Farbe, und drinnen sind sie gesessen, die Meinige und der Lois. Die Mirl ist hinausgestürmt, und ich bin wie ein invalider Storch hinterhergehupft.
»Ja, Georg, unheiliger!« ruft die Ungarische und nimmt mich in die Arme. »Servus! Was machst denn für G'schichten?«
Und dann kommen Küsse, die ich nicht nachgezählt habe, lang waren sie alle, und die Augen waren zu dabei, wie es sich schickt. Nichts gehört und nichts gesehen haben wir, und so hat auch der Majestätische unbemerkt daherkommen und uns mit dem Maul zwischen die Küsse fahren können, weil er auch seinen Teil hat haben wollen.
Die Ungarische hängt sich gleich an seinen Hals, und wer sagt, daß sich ein Roß nicht freuen kann wie ein Mensch, der versteht sich nicht auf Pferde. Seinen schönsten Hengstruf hat der Majestätische geschmettert, und nachher sind wir zurück ins Haus, alle fünf. Der Schimmel ist einfach mitgegangen. Gemerkt haben wir es erst, als er in der Stube gestanden ist.
»Von den Spaniern soll'n wir dich schön grüßen!« sagt der Lois zu mir. Und dann kommt es heraus, daß sich die zwei in Wien dort getroffen haben, wo sich verwandte Seelen immer finden, in der Spanischen Reitschule.
»Sollst bald hinkomm'n!« sagt die Ungarische.

»Na, jetzt bist du erst amal hier!«
»Ja, und recht von Herzen froh bin ich drüber!« sagt sie und sieht ganz glücklich aus.
Die Mirl hat einen Mokka gekocht, wie ihn sonst nur die Ungarische fertigbringt. Der einzige, der übers Gebäck herfällt, ist der Lois, der ist im Gemüt schon immer etwas robust gebaut gewesen. Wir anderen denken bloß daran, daß wir nun endlich beisammen sind. Und ich denke noch dazu, daß sich nun endlich der Lois und die Mirl davonscheren könnten.
Aber da kommt mein Knöchel zur Sprache, und so sehr ich mich auch sperre, ich muß aufs Sofa, dann wird der Verband aufgewickelt. Die Ungarische macht das mit so behutsamen Händen, daß es ein Genuß wäre, wenn die Haxn nicht so schmerzen wollte. Der Knöchel sieht rein zum Fürchten aus, stellen die drei fest, und die Ungarische bestimmt, daß wir sofort nach Salzburg fahren werden, damit die Geschichte röntgenisiert wird.
Der Majestätische frißt inzwischen die Zuckerschale und den Gebäckteller leer. Ich sage das, um sie abzulenken, aber es macht gar keinen Eindruck, der Verband wird wieder zugewickelt, und keine fünf Minuten später sitze ich neben der Ungarischen im Enzian drin.

Ja, also der Knöchel ist bös gebrochen, und die Ungarische ist in großer Sorge um mich. Wir waren bei einem Spezialisten, der hat alles festgestellt und verordnet, daß ich mich nicht mehr rühren soll.

»Ach, geh!« sage ich. »Je berühmter der Doktor is, desto gefährlicher macht er die Krankheit!«
Aber die Ungarische läßt sich nicht davon abbringen, daß ich wenigstens eine Woche lang liegen muß. Weshalb sie denn sonst hergekommen ist?
»Du?« frag' ich leise. »Droben is alles so schön gerichtet!«
Da beugt sich die Ungarische über mich und schaut mich mit ihren braunen Augen so traurig-glücklich an und sagt:
»Maanst, i hab net aa Sehnsucht nach dir? Schau, Unheiliger Georg, sei brav und mach's uns net schwer!«
Schön ist es schon bei uns beiden! Wenn der eine glücklich ist, dann ist's der andere auch. Aber wann's den einen erwischt, nachher hat der andere auch immer mit zu leiden. Besser wär's freilich, wenn die Liebe nur die helle Seite hätte. Die Ungarische läßt keinen Trübsinn aufkommen.
»Hörst, jetzt zieh i mich um, dann sattle ich den Majestätischen und reit ihn dir vor. Draußen im Garten schlagen wir dir am Zirkel den Liegestuhl auf, und du schaust zu und sagst, wann wir was falsch machen, der Majestätische oder ich!«
Und eh ich nur antworten kann, ist sie draußen, schleppt die Koffer aus dem Auto, und als ich noch denke, daß sie jetzt unter der Dusche stehen wird, kommt sie schon gestiefelt und gespornt herein und sagt:
»Pfeif amal dem Lois, daß er kommt und dich transportieren hilft!«
Ich will aber hupfen, doch sie sagt, daß dann der Gipsverband am Ende entzweigehen könnte, also muß ich am offenen Fenster auf zwei Fingern pfeifen, gellend wie eine Lo-

komotive, einmal und noch einmal, dann antwortet der Lois. Und er kommt auch gleich.

Ich muß mich auf die beiden stützen, und so hatschen wir hinters Haus in den Garten, wo am Reitplatz der Liegestuhl aufgeklappt und ausprobiert wird, damit ich ja nicht mit ihm zusammenbreche, weil er einen so vertrackten Mechanismus hat.

Dann kommt die Ungarische bald mit dem Schimmel und sagt im Vorübergehen zu mir:

»Habt's ihr a Unwetter dag'habt? Das Alpinum is hin!«

»Abg'fressen und zertrampelt hat's der Majestätische, weil er an Hunger g'habt hat und i net hab' füttern können am ersten Tag mit der Haxn!« sag' ich.

Ein Stück ihres Herzens hat die Ungarische an das Alpinum gehängt und ist im Wettstreit mit dem Lois gelegen, der auch eins hat, aber jetzt sagt sie lächelnd:

»Ah, das wachst eh wieder!«

Der Lois macht zu mir ein stummes Zeichen der Bewunderung, während sie aufsitzt und den Majestätischen im Schritt anreitet. Nach und nach versammelt sie ihn immer mehr, daß er einen schönen Kragen bekommt und die Nase ein wenig vor der Senkrechten trägt, dann traben sie an. Ja, beide, denn sie sind nicht voneinander zu trennen, ein Wesen sind sie geworden. Die Zügel spannen nicht streng, bloße, feine Verbindung sind sie zwischen Pferdemaul und Händen. Der Majestätische trägt sich selbst, versammelt und aufgerichtet, und sein Gang ist voller Schwung. Dabei stößt er nicht, weich wippt die Ungarische im Sattel. Und als sie ihn stark traben läßt, da sagt der Lois voll Bewunde-

rung »Kruzitürken!« Waagrecht streckt der Majestätische die Vorderbeine, und die Hinterbeine setzen unter und schleppen keinen Takt nach. Es scheint, als würden ihm die Hufe davonfliegen.
Die Ungarische hat ein ganz glückliches Gesicht, und der Majestätische hat blanke, runde Augen und große Nüstern, lebhaft spielen seine Ohren, weil wir ihn mehr auf Zuruf und Zungenschlag reiten als auf Schenkelhilfen. Sein Maul schäumt im Spiel mit den Gebissen.
Wunderschön ist das Bild, die kleine, leichte Frau auf diesem kraftgespannten Hengst, ich vergesse den Knöchel und meine Wünsche an die Ungarische.
Bei der Piaffe, wo der Majestätische schwungvoll und erhaben auf der Stelle tritt, werden sie nicht gleich einig, da kickst er ein paarmal mit den Hinterbeinen, weil die Ungarische wohl selber mit den Hilfen aus dem Takt gekommen ist, aber als er sich im Spanischen Tritt, in der schwingenden Passage, lösen kann, sind die Tritte wohlgeregelt. Leicht setzt er die Hufe und federt sie wieder vom Boden ab, schön hält er die Tritte aus in der Luft. Ich muß daran denken, daß ich als junger Bub geheult habe vor Glück, als ich zum erstenmal Hohe Schule reiten sah, und diese Liebe auf den ersten Blick ist noch heute heiß wie ehedem.
Zum Schluß zeigen uns die beiden eine Levade, des Majestätischen Meisterstück, wo er, tief gebeugt in den Hanken, die Vorhand erhoben hält und die Vorderbeine elegant angezogen. So verharrt er ruhig, bis ihn die Ungarische mit einem leisen Zungenschlag vorn wieder aufsetzen heißt. Noch einen Schulgalopp reiten sie, und dann läßt sich die Ungari-

sche nach einer Parade die Zügel aus der Hand kauen, und der Majestätische dehnt und streckt sich im Schritt.

»Brav habt's das gemacht, ihr zwei!« rufe ich ihnen zu, und der Majestätische bekommt den Hals geklopft. Dann bleibt er vor mir stehen und schaut. Das ist eine stumme Frage nach Zucker. Der Lois hat welchen einstecken.

Wir im Dorf haben fast alle Zucker in den Taschen, weil ein jeder von uns roßnarrisch ist, aber keiner will es außer mir offen gestehen. Wenn es ein Paradies der Pferde auf Erden gibt, dann ist es bei uns im Salzburgischen, dem alten Pferdeland, das es bis auf den heutigen Tag geblieben ist.

Keiner aus dem Dorf kann an einem Roß vorbeigehen, ohne ihm einen Leckerbissen ins Maul zu schieben. Wir sind gute Menschen hier, schon weil wir die Pferde lieben.

»Mußt ihn gut abreiben«, sage ich zur Ungarischen, »geschwitzt hat er schon, der Faulpelz.«

»Tust ja grad, als wüßt' i net mit Rössern umzugehen, Unheiliger Georg!« lacht sie. »Bleib hier in der Sonn' liegen, i komm wieder her. Der Lois soll dir was erzählen inzwischen!«

Aber der Lois tritt von einem Bein aufs andere.

»Drah di zur Mirl!« sag' ich ihm. »Die wart' schon seit heut morgen auf dich!«

Der Lois tut, als ob er es gar nicht eilig hätte. Wer gibt auch gern so eine dringende Verliebtheit am hellichten Tag zu, nicht wahr? Er murmelt etwas von Arbeit, reicht mir die Hand und geht langsam.

»Du, Lois!« rufe ich ihm nach. »Heut pfeif' i nimmer!«

Er schneidet mir eine Grimasse, und ich wette, daß er gleich

schnell gelaufen ist, wie er gewußt hat, daß ich ihn nicht mehr sehen kann. Rein narrisch sind solche Verliebte!
Es hat noch einen schönen Abend bei uns gegeben, und die Nacht ist gut gewesen, erfüllt von einer stillen Liebe, von der die Marika aber doch gesagt hat, als wir uns in den Schlaf geplauscht haben, daß es ein Leichtsinn gewesen ist, der uns ähnlich sieht. Und dann hat sie einen großen Vorsatz gefaßt, und einen heiligen Eid habe ich mitschwören müssen, daß er ausgeführt wird. Den ganzen Tag wird sie um mich sein, und wir werden schön geruhsam rückwärts leben und davon erzählen, wie wir uns kennengelernt, zugleich den Majestätischen gefunden haben und wie alles sich geschickt hat bis auf den heutigen Tag. Während des Erzählens soll der Knöchel heilen, aber dann wollen wir gleich wieder vorwärts in die Zeit hineinleben, die uns ein guter Gott, der die Menschen und Pferde liebt, noch recht lange geben möge. So hat die Ungarische neben mir gesagt, und die letzten Worte sind schon ganz leise geworden im Atem des Schlafes.

Ist es nicht eigentlich müßig, daß ich der Ungarischen erzähle, was sie alles selber miterlebt hat? Alte Dinge sollen wieder aufgeweckt werden, nichts Neues werde ich sagen können. Aber ich sitze nun lange genug hier im Dorf und weiß, daß so leicht nichts Neues geschieht. Die Jahreszeiten laufen ab im ewig alten Gleichmaß, auf die Blüte folgt die Frucht und, wie es bei den hiesigen jungen Leuten auch der Brauch ist, auf die erste Nacht in der Kammer oder draußen nach drei Vierteln des Jahres die Taufe. Und nehmt es richtig! Wenn ihr etwas lest oder hört, wo euer Herz mitgeht, ist es dann nicht immer etwas Altes, etwas Menschliches, und nickt ihr nicht darum nur beifällig zu, weil ihr selber wißt, was einem so alles im Leben in die Quere kommen kann?

Wenn ich nun erzähle vom Majestätischen und uns zweien, wirft die Ungarische manchmal ein Wort dazwischen, weil ihr etwas in der Erinnerung lieb und teuer ist, was ich vergessen habe, und so wollen wir beide Steinchen um Steinchen zusammensetzen, damit es ein schönes, buntes Mosaik wird, so eins, wie es der Lois für die Dorfkirche gemacht hat. Bei der Rückschau aufs Leben liegt alles im Glanz einer späten Sonne, die gibt auch dem Dunklen noch Farbe, und so wird auch nun die Geschichte, die wir erzählen und hören wollen, eine gute Geschichte werden, so gut, wie's das Leben doch im Grunde ist, sagt, was ihr wollt!

Zu Anfang ist die Ungarische noch nicht dabeigewesen, da muß sie mir schweigend zuhören und alles aufs Wort glauben, was ich sage, wie ich auf dem Sofa liege, rauchend am offenen Fenster. Die Ungarische sitzt neben mir, sie hält meine Linke in ihren beiden Händen und spielt mit meinen Fingern.

»Ja, also«, fange ich an, »da ist an einem Tag im Mai ein junger Mann gekommen, von Graz nach Köflach ist er mit der Bahn gefahren und nachher mit einem kleinen Koffer zu Fuß nach Piber gegangen. Den Burgberg ist er hinaufgekraxelt, wo das Schloß steht, das vier Jahrhunderte alt ist, die Kirche, die Stallungen vom Lipizzanergestüt und die Häuser von den Dorfleuten.

Von alters her ist dieses schöne Stück Land der Weststeiermark Pferdeland gewesen, und deshalb hat es den jungen Mann, also ganz so jung war er nicht mehr, auch dorthin gezogen, denn der Krieg vom Jahr '14, an dem das alte Österreich zerbrach, hat ihm von allen Idealen nichts gelassen gehabt als die Liebe zu den Rössern. Im Gasthof hat er Unterkunft gefunden, dort sind gerade die Leute vom Gestüt gewesen, mit denen hat er sachverständig geredet, daß sie ihn bald nimmer als Fremden angesehen, sondern ihn als einen der Ihren genommen haben. Wann immer gute Männer zusammenkommen, die besessen sind von der Liebe zu den Pferden, verstehen sie einander, und ein schlechter fällt unter ihnen auf, sobald er nur ein Wort sagt.

Vom Nachmittag bis auf die Nacht sind sie zusammengehockt und haben von den Lipizzanern geredet als den edelsten Pferden der Welt. Die Leute vom Gestüt sind beifällig gewesen, wie der junge Mann erzählt hat, daß die Lipizzaner im Kriege die besten Kameraden gewesen sind. Anstreichen mußten sie sich lassen mit dunkler Farbe, die Schimmel, damit sie keine Zielscheiben abgaben. Unterm Sattel und im Gespann haben sie über ihre Pflichten getan wie jeder. Zu sterben haben sie gewußt wie brave Soldaten, und als der junge Mann davon gesprochen hat, ist ihm die Stimme weich geworden, und alle haben vor sich in ihre Weingläser geschaut, weil sie die Geschichte von der Lipizzanerstute, die sie dem jungen Mann unterm Leib so krumm geschossen haben, daß es auf den Tod hinausgegangen ist, an die Herzen gepackt hat.

Aber dann ist der Gestütsdoktor, der alles unter sich gehabt hat, durch die dicke, schwere Tabakswolke über dem Tische mit der Hand gefahren, als ob er die dunklen Erinnerungen wegwischen wollte, und gesagt hat er, daß der junge Mann nicht mehr vom Tod sprechen möchte, sondern sich das Leben anschaun soll, das sich stetig erneuernde Pferdeleben im Gestüt. Die Fohlen werden um diese Zeit geboren, drei sind noch fällig gewesen, und das hat der junge Mann sehen sollen, wie sich die Pferdekinder von ihren Müttern lösen, damit sie auf eigenen Beinen in ihr Leben hineinlaufen können. So spät ist es über dem Reden geworden, daß ihnen allen die Morgendämmerung über den Hals gekommen ist, und in der vierten Stunde in der Früh hat ein Stallbursche den Doktor zu einer Geburt gerufen, und alle sind mitgegangen.

›Die Austria is es!‹ sagt der Stallbursche, und wie sie in den Stall kommen, da hat es die gute Stute schon ganz allein geschafft. Im Zwielicht des Stalles liegt an ihren Vorderfüßen ein noch feuchtes, hastig atmendes Stück Pferdeleben, und das ist ein struppiger, dunkelbrauner Hengst mit Namen

Maestoso Austria, unser Majestätischer! Näher bin ich herangetreten ...«

»Den jungen Mann meinst?« fragt die Ungarische dazwischen.

»Weißt's doch eh, daß i der gewesen bin«, sag' ich und erzähle weiter:

»Ich trete heran, streichle der Austria das weiche Maul, damit sie vertraut mit mir werden soll, und dann beuge ich mich zum Fohlen nieder. Das hebt den Kopf, der ihm noch arg schwer gewesen ist, weil der erste Weg ins Leben doch halt der schwerste ist, und schaut mich an aus großen Augen und mit aufgestellten Ohren. Und da ist es mir gewesen, als ob wir zwei – ja, wie übertrag' ich das nur aus der stummen Sprache des Herzens in Worte, die dem Ohr eingehen? Weißt, Marika, nicht anders ist es mir mit dir 'gangen, angeschaut hab' ich dich und gleich gemeint, daß es guttun müßte, wenn wir für ein Stück Lebenszeit zusammenbleiben würden.

So ein Gefühl hatt' ich bei dem Fohlen. Ob der kleine Bursch freilich was davon gespürt hat? Gewiß nicht, dem ist das Leben bestimmt etwas so wunderbar Neues gewesen, und ich bin ihm fremd vorgekommen wie die anderen Männer, bloß die Mutter ist ihm vertraut gewesen, wie es allen Kindern geht. Glücklich ist er bestimmt, denke ich, daß er nun endlich am Licht ist. Und damit er recht lange und gefeit gegen schlimme Seuchen lebt, darum geschieht nun etwas mit ihm, dessen Zweck weder er noch seine Mutter einsehen. Geimpft wird er, und dann wird dem Mutterglück, das auch immer ein Kinderglück ist, Ruh' gelassen.

Ob man so ein Fohlen, wenn es aus dem Gröbsten heraus ist, mit einem Jahr nicht kaufen könnte, frage ich den Gestütsleiter. Aber der schüttelt den Kopf und lächelt dazu. Den Maestoso Austria bestimmt nicht, meint er, und ich lasse den Kopf hängen, weil ich just den haben möchte und keinen anderen.

Seinen Vater besuche ich dann im Hengststall, wo er seine Box hat mit einem Schild daran, auf dem seine Namen, seine Leistungen und sein Lebenslauf verzeichnet sind.

Maestoso Nobila heißt er, und ich kenne ihn von der Spanischen Reitschule in Wien her, da ist er ein Meister gewesen in der Kapriole. Nun ist er der Stolz vom ganzen Gestüt und wird Vater sein von so manchen berühmten Hengsten und braven Stuten.

Ein wenig grimmig sieht er aus, der alte Maestoso, mächtig ist alles an ihm, der Bau und die Muskeln, die unter dem weißen Atlasfell spielen. Aber grundgut ist er, denn nie im Leben ist er mit schlechten Menschen in Berührung gekommen, an denen so leicht auch das Edelste verdirbt.

Mit den Lippen spielt er sacht mit meiner Hand herum, und ich rede mit ihm, sage, daß er ein braves, edles Roß ist und daß ihm die Austria gerade einen Sohn geboren hat. Keiner von den Gestütsmännern lächelt über mich, wie es Leute tun würden, arme beklagenswerte Menschen, denen die Natur eins der schönsten Gefühle versagt hat, die Liebe zum Pferd!«

Die Ungarische streichelt meine Hand und drückt sie, daß ich zu ihr hinschaue. Da nickt sie mir zu, als wollt sie sagen: Gut ist's, daß ich gerade dich liebhabe!

Aber wirklich sagt sie:
»Bist am End' doch ein Heiliger Georg, ein sonderbarer Heiliger vielleicht, aber die Rösser können mit dir zufrieden sein!«
»Du net?« frag' ich.
Da lächelt sie, zwinkert mit den Augen und nickt.
»Ja«, sag' ich, »mit der Unheiligkeit hat es erst angefangen, wie du 'kommen bist, Marika, ungarische!«
Und da kneift sie mir leicht die Haut auf dem Handrücken zusammen, das ist die Strafe für meine losen Worte.
»Erzähl weiter!« bittet sie.
»Ja«, fahr' ich fort, »so vernarrt bin ich gewesen in den kleinen Maestoso Austria, daß ich geblieben bin in Piber. Das große Zimmer habe ich im Gasthof gehabt, in dem zwei Betten gestanden sind, eins am Fenster, eins bei der Tür, und eine dunkle Stiege hat hinaufgeführt, weil es ganz unter dem Dach gewesen ist. Aber ich bin nur zum Schlafen oben gewesen. Die ganzen Tage hab' ich mich auf den Weiden herumgetrieben bei den Lipizzanern, den Stuten mit den Fohlen, den einjährigen Hengsten und Stuten, den zweijährigen und dreijährigen, und sie alle haben mich bald gern gesehen. Gespielt haben wir zusammen, gezickt haben mich die übermütigen schwarzen und braunen Fohlen, von hinten sind die einen gekommen, während ich den anderen die Wollköpfe mit den Mähnensprossen zwischen den Ohren kraule. Eine lose, lustige Bande sind sie. Wenn ich fotografieren will, kommen sie so nahe, daß ich vor lauter Fohlen nichts erkennen kann im Reflexspiegel, und der Majestätische ist der ärgste Lausbub von ihnen. Als ich von ihm eine

Großaufnahme machen will, pirscht er sich mit zwei Schritten ganz nahe heran und leckt mir übers Objektiv, daß man nicht mehr hat durchsehen können vor lauter Schleim. Und je mehr ich geputzt hab', desto blinder ist das Kameraauge geworden.

Treuherzig hat er geschaut, der Majestätische, und wie ich geschimpft hab', ist es ihm wohl doch ein wenig leid geworden. Wie heut weiß ich's noch! Die kleine Samtgoschen reibt er an meinem Ärmel, aber wie er unten die Knöpfe spürt, da knabbert er mit den Milchzähnen erst ein wenig und dann faßt er zu. Mit einem Ruck reißt er mir einen Knopf ab, kaut ein bißchen drauf herum, bis er ihn aus dem Maul verliert. Mit weitgespreizten Beinen und langgestrecktem Hals sucht er ihn im Gras, und wie er ihn nicht findet, will er mir wieder an den Ärmel, wo ja noch zwei andere Knöpfe sitzen. Daran erkenn' ich, daß er ein Gescheiter ist, der keinen Verlusten nachtrauert, sondern zusieht, daß Ersatz geschafft wird. Wahrscheinlich hätte er mir alle übrigen Knöpfe auch abgefressen, wenn nicht Mutter Austria gekommen wäre, und da sind ihm denn doch einige Schluck süßer, warmer Milch nahrhafter erschienen als meine Knöpfe.

Das Fohlenleben vom Majestätischen habe ich verfolgen können Schritt für Schritt.

Die ersten Tage schwankt er noch, wenn er steht, und lange mag er das nicht üben, dann legt er sich wieder ins Gras, das schön warm ist von der Sonne. Aber lange mag er auch nicht liegen, also versucht er wieder in die Höhe zu kommen, und als er auf den Beinen wie auf Stelzen steht, tut er einige Schritte, aber die schauen sich an, als ob er jedem Bein erst sagen müßte, was es zu tun hat. Lange währt der Kampf mit den eigenen Beinen aber nicht, bald lernt er sie richtig rühren, er trabt manchmal hoppelnd, und wenn er aus dem Takt gerät, dann galoppiert er, das tut er am liebsten. Bloß zu lang sind die Beine noch, es ist eine rechte Arbeit, eh er sich aus dem Liegen auf sie hinaufgestakelt hat. Und dann ist der Hals zu kurz. Manchmal läßt ihn der Majestätische traurig hängen und saugt den Duft der Gräser ein. Er kann nicht hinlangen, und er möchte so gern einmal genauer beschnuppern, was da Mutter fortgesetzt abreißt und kaut. In solchen Augenblicken sieht der Majestätische aus, als ob er gar nicht zufrieden ist mit dem Dasein, ganz verdöst schaut er drein. Aber nicht lange, dann trollt er sich zur Mutter und saugt. Da reicht der Hals, und das Leben ist wieder schön. Gut und süß ist die Milch, gewürzt mit Kräutern, die zwischen dem Gras auf den Bergweiden wachsen. Des lieben Gottes sinnvolles Walten offenbart sich eben auch in einem zu kurzen Fohlenhals!«

»A Freud hätt' der Herr Pfarrer an dir, wann er dich so reden hören könnt'!« sagt die Ungarische.

»Ah, der!« sag' ich. »Der fangt's ja ganz verkehrt an! Anstatt daß er die Leut' abkanzelt mit Psalmen und Bibelversen, sollt' er sie lieber auf die Roßweiden schicken, da täten s' schon von ganz allein fromm werden! Untereinander schaun sich die Menschen immer bloß das Sündhafte ab, aber auf einer Weide unter den Pferden, da kann einer nur gut bleiben und am End' noch ein wenig besser werden! Da geht er auf einem Teppich von Gras, das wachst unverdrossen und hat sich drein geschickt, daß es vom Herrgott bloß

zum Pferdefutter bestimmt ist. Und über sich hat er den Himmel mit ein paar Wolken darunter, die manchmal vor der Sonn' vorüberziehen, damit es denen drunten net gar zu wohl wird in der Wärm'. Manchmal zieht sich der Himmel zu, und es geht ein Regen hernieder, der is zwar den Rössern net recht, aber einen guten Zweck hat er doch, die Fliegen verjagt er, und das Gras laßt er wachsen. Auf einer Roßweiden geschieht nix Unsinniges wie unter den Menschen im Dorf oder in der Stadt, wo sie vollends narrisch san.«
»Ja, aber die Fliegen«, meint die Ungarische, »die müßten do net sein! Wo die Rösser so arg g'stochen werden!«
»Denkst!« sag' ich lächelnd. »Biester san s' schon, die Fliegen, aber an Zweck ham s' doch! Schau, wann die net wär'n, nachher wüßt a Roß gar net, warum's an schönen, langen Schweif hat! Mit dem haut's hin nach den Fliegen, es stampft und schüttelt die Mähn'. Wann die Fliegen net wär'n, nachher täten die Rösser immer nur fressen, nix als fressen, die Köpf' hätten s' immer am Gras, und die Schweif' würden hängen und wären rein zu nix da als zur Zier! Ja, Fliegen müssen sein auf einer Roßweiden, da kannst nix machen!«
Und die Ungarische lächelt und gähnt ein wenig, weil sie einen Schlaf hat; und weil doch auf den Abend immer Frieden zwischen uns ist bis ins kleinste Wort, sagt sie:
»Hitzo seh' i's ein, daß Fliegen sein müssen auf der Weiden. Aber i moan, du erzählst halt morgen auf den Abend weiter!«
»Recht hast«, erwidere ich, »müd wär i aa, und ein besserer Abschluß als die Fliegen laßt sich heut' nimmer finden!«

Am Nachmittag zerren sie mich wieder hinaus in den Garten hinters Haus, wo der Majestätische unter den Obstbäumen weidet. Der Lois und die Mirl sind gekommen, und am Tisch, den ich voriges Jahr mehr schlecht als recht zurechtgezimmert habe, jausnen die beiden mit der Marika. Ich habe meine Tasse auf dem Bauch stehen und wage nicht zu atmen; und weil ich sie mit beiden Händen halten muß, schiebt mir die Ungarische die Linzer Torte, die ich gar nicht mag, weil sie mir zu trocken ist, zwischen die Zähne. Aber sie bäckt sie einmal mit Meisterschaft, wie sie alle sagen, und da will ich die Ungarische nicht kränken.
Der Majestätische hilft auch mit, daß die Linzer Torte wegkommt, zwischen den Bissen nimmt er immer ein Maul voll saftiges Gras, ihm ist die Torte sicher auch zu trocken. Nun bekomme ich einen Durst, aber wie ich gerade die letzte Tasse aus der Mokkamaschine kriegen soll, kommt doch der Pfarrer durch die Ribislbüsche gekrochen. Geradezu gewittert muß er den Kaffee haben! Also bekommt er den Mokka, auf den ich schon g'spitzt hab'. Die Ungarische streicht mir dafür übers Haar, aber der Durst geht auch nicht weg davon, wenn ich ehrlich sein soll.
»Hast wenigstens a Virginia mit, Pfarrer?« frag' ich ihn. Richtig, er hat welche, immer hat er welche! Die braucht er für die Mannsbilder im Dorf viel nötiger als die frommen Sprüch'. Wenn da einem eine Kuh verkalbt hat oder die Hausfrau krank daliegt, was ein kleineres Übel, aber immerhin schlimm genug ist, wenn also der Betroffene einen Trost braucht, dann versucht's der Pfarrer zunächst mit salbungsvollen Worten, aber erst wenn er mit einer Virginia

herausrückt, wirkt der Trost, da geht aller Kummer nach und nach in Rauch auf. Und der Pfarrer ist ganz bekümmert darüber, daß so ein schwarzer, dürrer Strunk besser wirkt als das gedruckte heilige Wort, das sich freilich die Menschen zurechtgemacht haben, ohne den Herrgott zu fragen, ob er auch alles unterschreibt.

Der Lois erleichtert den Pfarrer auch um eine Virginia, und nachdem der heilige Mann gottlob auch noch den Rest von der Linzer Torte verdrückt, womit er ein gutes Werk an mir tut, haben wir drei Mannsbilder jeder seine Virginia im Gesicht stecken. Die Ungarische raucht ihre Mokkazigarette, und die Mirl ist die einzige, die sich vom lasterhaften Qualmen ausschließt. Es bekommt ihr nicht und schmeckt ihr auch nicht, der einzige Grund für viele Leute, Sachen zu unterlassen, die sie den anderen als Laster anrechnen.

Erst reden sie natürlich von dem kaputten Knöchel, als ob sie ihn hätten und nicht ich, der ich schweige. Und dann fragt der Pfarrer, wie es wär' mit einer Schachpartie. Aber die Ungarische meint, daß sie jetzt keine Lust drauf hat. Morgen mittag, wenn ich nach dem Essen schlafe, will sie hinüberkommen ins Pfarrhaus. Alle Leute spielen gern Schach mit der Ungarischen oder Tarock oder sonst was. Die Marika versteht nämlich mit Anstand zu gewinnen und mit Würde zu verlieren. Beim Gewinn frohlockt sie nicht, sondern macht ein Gesicht, als ob es ihr geradezu peinlich ist und leid tut, daß der andere verloren hat. Über einen Verlust lächelt sie und sagt, daß ihr schon recht geschehen ist. Mir hat die Ungarische einmal gestanden, daß ihr solche Seelengröße gar nicht so leicht fällt, weil sie doch eigentlich

auch nur eine Frau ist, und Frauen können sich beim Spiel immer schlecht zusammennehmen.
Dann hat der Pfarrer mit dem Lois zu reden. In der Kirche steht nämlich ein richtiger Sankt Georg aus Gips, wie er gerade den Drachen mit der Lanze am Boden festspießt, als ob der ein Schmetterling wäre, den einer präpariert hat. Mit meinem heiligen Spitznamensvetter hat es seine Bewandtnis, er zerfällt mit jedem Tag mehr. Zum nächsten Georgiritt wird er gar nicht mit hinauskönnen, weil ihn schon keiner mehr anzuschauen wagt, vor Angst daß er beim bloßen Blick zerbröckeln möchte.
»Red net lang umanand', Pfarrer!« sagt der Lois, »i soll also an neuen Sankt Georg machen!«
So ist es. Und nun erhebt sich die Frage, ob der neue Heilige aus Holz geschnitzt oder aus Stein gemeißelt sein soll.
Stein ist zu schwer, meint der Pfarrer, das gibt dann eine arge Schlepperei bei der Prozession. Also wird er aus Holz sein, der neue Sankt Georg, und schön angemalt, daß es eine Pracht ist und die Bauern ihre Freude daran haben. Nun hat der Pfarrer freilich gedacht, daß sich der Lois den alten Heiligen, der in die Brüche geht, zum Modell nehmen soll, aber der Lois will freie Hand haben. Das stimmt den Pfarrer nachdenklich, weil er dem Lois da nicht recht traut. Der hat schon einmal eine Mutter Maria geschnitzt, die hat so irdisch ausgesehen wie ein junges Weib aus dem Dorfe, daß sich jeder beim Anschaun die Lippen geleckt hat. Aber der Lois beruhigt den Pfarrer. Der neue Sankt Georg soll zünftig werden!
Und der Pfarrer sagt auch nichts mehr, denn der Lois soll

den neuen Heiligen rein um nichts, bloß um des Himmels willen schaffen, und da muß man froh sein, daß er's tut und sogar gern tut.
Weil nun eine Pause im Reden eintritt und doch einer was sagen muß, verrät die Ungarische, daß ich gestern abend erzählt hab', wie ich zum Majestätischen gekommen bin, als er noch ein ganz kleines Fohlen gewesen ist. Ja, und da bedrängen sie mich, einer nach dem anderen und alle vier im Chor, ich möchte weitererzählen, daß ich ihnen zuletzt doch nicht auskomme und nachgebe, bloß damit ich meine Ruh' habe.
»Ja, alsdann, auf der Weiden bei den Mutterstuten und den Fohlen samma stehn'blieb'n«, hebe ich an. »Mit der Zeit hat die Austria, die Mutter vom Majestätischen, gemeint, daß er seine Beine mehr rühren muß, als er's bisher getan hat. Und deshalb legt sie in den Weidepausen einen flotten Trab ein. Bergauf und bergab geht's, und der Majestätische muß tüchtig galoppieren, damit er nicht zurückbleibt. So lernt er richtig laufen.
Aber manchmal gibt es auch Streit, nicht allein die Pferdekinder fangen Zank miteinander an, auch die Mütter. Und da setzt es nicht selten Tritte mit den Hinterbeinen, daß es knackt und kracht. Einmal hat der Majestätische in seiner Einfalt einen regelrechten Kampf angezettelt. Er ist so für sich zwischen den anderen Stuten und Fohlen herumgetappt, und mit einemmal ist der Durst über ihn gekommen. In seinem Drang, ihn zu löschen, irrt er sich doch in der Mutter und gerät ans falsche Euter. Erst hebt die Stute das Hinterbein und will ihm das Maul wegkneifen, aber der Ma-

jestätische kennt das, das tut Mutter auch immer, wenn der Bub ihr das Euter leergesogen hat und es weh tut, wenn er weiter daran zuzelt. Wie der Majestätische nun durchaus nicht zu belehren ist, daß er an die unrechte Mutter geraten ist, da wird die Stute deutlich, sie stößt ihn weg und will hinterrücks nach ihm keilen. Mutter Austria hat ihren Sohn natürlich nicht aus den Augen gelassen, und als sie sieht, daß es ihm schlecht gehen soll, da kommt sie mit mächtigen Sprüngen quer durch die weidenden Ross' heran, die erstaunt aufschauen. Austria geht der anderen Stute wiehernd zu Leibe. Als sie dicht heran ist, dreht sie sich blitzschnell und wichst der anderen eins auf die Rippen. Die keilt wider, die Hufe prallen manchmal in Angriff und Abwehr aufeinander, und schließlich ergreift Austrias Gegnerin die Flucht. Da setzt ihr des Majestätischen Mutter nach und jagt sie um die ganze Weide herum, immer an der Einfriedung entlang, und die beiden Fohlen, die so gar nicht recht begreifen, weshalb ihre guten Mütter so hart aneinandergeraten sind, rennen irr umher. Aber Austrias Rachedurst verfliegt nicht so rasch. Erst als sie die Stute noch einmal gestellt und ihr eins auf die Hinterbacke gefeuert hat, läßt sie ab.
Wiehernd ruft sie nach dem Majestätischen, und der springt gleich heran. Dann haut sich die Austria ins Gras und wälzt sich, nicht weil sie schadenfreudig ist, nein, bloß den Schweiß will sie im Gras abwischen. Und der Majestätische springt um die Mutter herum in lustigen Sätzen, die fast so ausschauen, als sollten einmal Schulsprünge nach der alten klassischen Regel daraus werden.
Dann ist wieder Friede auf der Weide, die Gegnerin der

Austria leckt sich eine kleine Wunde am Leib, wo ihr unter dem Hieb das weiße Fell ein wenig aufgeplatzt ist. Aber der Groll ist verraucht, auch gegen den Majestätischen, der nun das Fohlen, dem er hat versehentlich die Milch wegtrinken wollen, zart beschnuppert. Es ist ein Stütchen, Deflorata heißt sie, die Kleine, die um einen Tag jünger ist als der Majestätische. Sie finden Spaß aneinander, und bald treiben sie gemeinsam das uralte Fohlenspiel, das Fellkraulen auf dem Rücken. Der Majestätische, der es sich von zwei älteren Fohlen abgeschaut hat, fängt an bei Deflorata. Sanft spielen erst seine Lippen hinter dem Widerrist oder auf der Kruppe des Stütchens; und das steht und läßt es sich gefallen, auch als der Majestätische mit den Zähnen knabbert und manchmal leise ziept. Nach einer Weile drängt sich der Majestätische näher an sie heran und stellt sich ihr maulrecht, aber er muß Deflorata erst ein paarmal zurechtstupsen, ehe sie begreift, daß sie ihm ein gleiches tun soll.

Und dann stehen sie viertelstundenlang und spielen Fellkraulen. Nun gibt das freilich mit der Zeit einen Fleck auf dem Rücken, aber der schändet nicht, denn die Fohlen verlieren bald ihr Haar, mit dem sie ja ohnehin nicht viel Staat machen können, so glanzlos und struppig, wie es ist. Auf den Hinterbacken hat das Schwänzchen, das armselige, dem man es gar nicht ansehn kann, daß es später mal ein prächtiger Schweif wird, ohnehin schon zwei kahle Flecken gewetzt. Und auch anderswo fängt das Haar an auszugehen. Ja, jeder Übergang hat halt seine Plage!

Und je weiter der Haarwechsel vor sich geht, desto größer wird auch im Majestätischen der Drang, zu weiden wie die

Mutter. Im Stall hat er schon manchmal von ihrem Futter genascht. Aber wie soll er bloß hinunterlangen bis zum Gras, wie es Mutter tut? Erst kniet er, aber gleich steht er wieder auf, weil er das Gefühl hat, daß ihm so etwas nicht ansteht. Er, der Majestätische, und knien!

Wieder reckt er den Hals nach unten, aber es reicht nicht. Doch wenn ein Gescheiter eine schwierige Sache nur recht mit Ausdauer probiert, kommt er auch zum Ziel. Der Majestätische merkt, daß er zum Boden reichen kann, wenn er die überlangen Vorderbeine spreizt. Es tut aber doch weh auf die Dauer, so zu stehen mit breiten Beinen, daß man meint, die Brustmuskeln reißen. Da findet er noch eine andere Stellung heraus, die ihm bequemer ist und natürlicher. Einen regelrechten Schritt tut er vorwärts, einen recht großen, und so bleibt er vorn stehen, damit er hinunterreicht zum Gras.

Zuerst läßt es sich schwer abbeißen. Der Majestätische reißt ein ganzes Büschel samt Wurzeln heraus, das läßt er sich lustig vorm Maul herumbaumeln und frißt es hinein, bis er die Erde schmeckt, die an den Wurzeln hängt. Und die behagt ihm gar nicht, also schiebt er die ganze Graskostprobe mit der Zunge wieder aus dem Maul und meint, daß er nie im Leben solchem Zeug einen Geschmack wird abgewinnen können.

Aber dann findet er einmal ein Kraut, das hat zarte, würzige Blätter und schmeckt wunderbar. So kommt er vom Köstlichen zum Üblichen, vom Dessert zur biederen Mahlzeit, dem Gras. Das mundet schon, wenn es gut gekaut wird. Eines Tages treffe ich den Kaplan, wie er über die Weiden wandert, geradeso wie einer, der nicht viel zu tun hat. ›Na, is die Sonntagspredigt schon fertig?‹ frag' ich ihn. Er lacht und meint, daß es bei ihm nicht so arg darauf ankomme. Kurz müsse er's machen, weil sie hier heroben bloß die Rösser in den Schädeln hätten, und wenn er keine Gleichnisse vorweisen könnte, in denen von Pferden die Rede wär', dann hörte gleich gar keiner mehr hin, sondern die Gedanken spazierten durch die Kirchentür, die im Sommer offenstehen bleibt, hinaus auf die Roßweiden.

›Gradzu heidnisch roßnarrisch san s' hier!« sagt der Kaplan, aber das ist kein Vorwurf gegen seine Leute, ihn hat's nämlich selber so gepackt, daß er vielleicht manchmal gemeint hat, er wäre besser ein Pferdemann denn ein Gottesmann geworden.

›Ja‹, sag' ich zu ihm, ›in der Christenheit is es halt net gut b'stellt um die Rösser, in der ganzen Bibel steht wenig von ihnen drin. I muß schon sagen, es wär mit der biblischen G'schicht besser aus'gangen, wenn der Herr Jesus Christus auf einem guten Gaul geritten wär' als auf so an Palmesel. Aber da misch i mi net ein, Herr Kaplan, nix für ungut!‹ Und der Kaplan ist mit einem Gruß gegangen, nichts hat er sagen können, weil ich recht gehabt hab' mit meiner Klage, daß die Rösser in der christlichen Lehr', in welcher Form sie nun immer bekannt wird, zu kurz gekommen sind!«

Sakrament, da hab' ich doch richtig ganz vergessen, daß unser Pfarrer zuhört! Und da zieht er auch schon vom Leder. »Von die Rösser magst was verstehn«, hält er mir vor, »aber an der christlichen Glaubenslehr' sollst dein' Schnabel net wetzen. Les halt beim Hiob nach, da steht was vom Pferd!«

»Jetzt gehst aber! Der Hiob!« sagt der Lois. »Hat der am End' die Rösser net guat g'halten, daß ihn der Herrgott so beitelt hat an Leib und Seel'?«

»So a Hiobspostpferd hätt i nimmer sein mögen!« werfe ich ein, denn jetzt dürfen wir den Pfarrer nicht auslassen. »Un net amal bei der Arche Noah san s' hervorragend erwähnt, die Rösser! I, wann i der Noah gewesen wär', nachher hätt' i mir überhaupt die ganze Archen voll Pferd' g'lad'n!«

»Was über'n Pferdeverstand geht, das begreift ihr eben nimmer!« wehrt sich der Pfarrer, aber es klingt doch recht schwach, so daß ich ihm auf den Fersen bleibe und sage: »Überall hat das Roß a Rollen g'spielt, wie sie ihm zukommt! Die alten Inder, die Griechen, die Römer, alle haben sie einen schönen Kult g'habt mit die Rösser!«

»Und die Germanen aa, bei denen san alle Götter Kavalleristen gewesen!« fügte der Lois hinzu.

»Und dann der Mohammed, der hätt' den Arabern gar net kommen dürf'n mit sei'm Koran, wann nix von die fünf Stuten des Königs Salomo drinnen g'standen wär'!«

»Gut schaust aus mit dein' Mohammed!« sagt der Pfarrer. »Wo der selber lieber auf Eseln und Kamelen g'ritten is!«

»So?« frag' ich. »Das zeigst mir erst schwarz auf weiß, eh' ich dir das glaub', Pfarrer!«

»I geb' der Frau Gräfin morgen das Buch mit!« sagt der Pfarrer. Aber inzwischen hat der Lois sich wieder was zurechtgelegt.

»Sogar mit der Seefahrt haben s' früher die Rösser in Verbindung 'bracht!« sagt er. »I denk' bloß an die Schimmeln vom Poseidon. Aber heut' hamma ja a christliche Seefahrt,

da haben die Rösser nix mehr zu melden!«
»Sonnenrosse, Nebel- und Sturmrosse haben s' g'habt, die alten Germanischen!« füge ich hinzu. »Ja, und die Vielgötterei is aa bei ihnen gewesen!« sagt der Pfarrer und meint, daß er uns damit aus den Sätteln heben kann.
»So, und was is jetzt?« frag' ich. »Da hamma so viel Heilige, daß ma sich gar net auskennt, wamma net drauf studiert.«
Da versucht der Pfarrer eine List, er sagt zur Ungarischen: »Was meinen Sie dazu, Frau Gräfin?«
Dumm hat er's ang'stellt, der Pfarrer, daß er gerad sie fragt, wo die Ungarische nie ein Wort wider mich sagen wird vor anderen, und wenn ich tausendmal unrecht habe.
»Wissen S', Herr Pfarrer«, antwortet sie, »dazu sag' i gar nix! Wann um den Glauben gekämpft worden is, nachher haben sich immer bloß die Männer die Köpf' blutig g'schlagen. Die Frauen san nie g'fragt worden. Wir hör'n halt bloß zu, net wahr, Mirl?«
Die Mirl nickt und lächelt, und der Pfarrer ist wieder ganz auf sich allein gestellt.
»Bittschön!« sagt er. »Habt's ihr denn net hier den Sankt Georg? A Unheiliger Georg is aa no da!«
Das klingt schon sehr friedlich vom Pfarrer. Und was die Existenz vom Heiligen Georg und meine Unheiligkeit angeht, so können wir sie nicht bestreiten. Und was recht ist, das bleibt auch bei uns recht. Bloß um den Pfarrer zu kränken, streiten wir nicht mit ihm. Wann ich der Pfarrer wär, nachher würde ich mich ja überhaupt nicht mit solchen Haldoris wie dem Lois und mir aufs Disputieren einlassen, sondern ihnen immer bloß von der Kanzel herunter meine

Meinung sagen. In der Kirche wagen sie nämlich nicht zu widersprechen, da sitzen sie da, hören zu, schauen zum zerbröckelnden Sankt Georg hin und haben lauter gute Gedanken. Bloß wenn der Pfarrer vielleicht einmal etwas wider die Rösser oder die Roßnarretei sagen tät, dann würden sie Protest murmeln und nie wieder hingehen. Aber der Pfarrer sagt ja gar nichts gegen die Pferde und unsere Liebe zu Gottes schönsten Kreaturen! Das tut er nicht, weil er es mit uns nicht verderben will, sondern weil er selber roßnarrisch ist. Das färbt halt ab, und er ist länger im Dorf als wir.

Es ist Abend geworden, und der Pfarrer geht als erster zum Nachtmahl. Er klopft dem Majestätischen, der ihn um Zukker anbettelt, den Hals und winkt uns noch einmal zu.

»Ihr müßt ihm net immer widersprechen«, sagt die Ungarische, »er is so ein lieber alter Herr!«

»Ah, geh!« sagt der Lois lachend. »Wamma net mit ihm dischkrier'n würden, nachher tät er am End' meinen, mir san bös mit ihm!« Dann gehen die beiden auch, und es wird nun erst richtig ein schöner Abend.

Da wir keinen Hunger haben, bleiben wir noch draußen. Nur erzählen mag ich nicht weiter, die Marika sieht ein, daß ich jetzt nicht mehr den rechten Schwung finde, weil mir der Pfarrer dazwischengekommen ist. Aber morgen wird's gut weitergehn, mein' ich, wenn wir wieder allein sind, die Ungarische, der Majestätische und ich, der Unheilige Georg. Und wir müssen ganz unter uns sein, weil nun bald die Marika dazukommt. Das sage ich ihr, und sie gibt mir recht. »Hitzo fangt die G'schicht' langsam an«, sagt sie, »keinen außer uns dreien was anzugeh'n.«

Die Ungarische hat von daheim ein paar Flaschen Sandwein mitgebracht, wie er in der Gegend von Bugac wächst, und heute erst rückt sie damit heraus.

»Weißt«, sage ich, wie wir beim ersten Glas sind, »ich möcht' schon gern wieder amal mit hinüberkommen zu dir!«

»Das hab' i aa erwartet«, antwortet sie, »daß ihr kommt! I hätt' gern a neues Fohlen von der Deflorata und vom Majestätischen!«

»So, un was möchst nachher von mir?« frag' ich und schau sie nicht an.

»Depp!« sagt sie. »Reiten möcht' i wieder amal mit dir durch die Pußta, wo wir nur Herden begegnen von Pferden, Rindern und Schweinen. Abends bauen wir das Zelt auf, das das Packpferd trägt, und schauen, wie die Nacht über die Pußta kommt. Von der Lagerstelle der Hirten trägt der Wind Lieder herüber, und die summen wir mit, weil es halt mit unser'm Gesang net weit her is. Na, is das was?«

Ich nicke und sage kleinlaut:

»Aber die Haxn, wann die net so bald guat wird?«

»Ah, geh, in a paar Wochen hast's g'schafft! I maan, wannst fertig bist mit Erzähl'n, kannst aa die Haxn rühr'n!«

»Nachher werd' i dir Tag und Nacht erzähl'n, da samma übermorgen fertig, aber was is mit der Haxn?«

»Wie a unverständiger Bub redst, Unheiliger Georg!« sagt sie und gibt mir einen Kuß, einen von der Sorte, die ich Trostküsse nenne und nicht leiden kann.

»Küssen tust, als ob i auf'n Tod daniederlieg'«, raunz' ich herum. Aber die Marika merkt, daß ich gar nicht mit ihr unzufrieden bin, sondern überhaupt einen kritischen Tag habe. Lang genug hab' ich nun Geduld geübt, aber jetzt geht's nimmer. Blöd wird der Mensch, wenn er tagelang nicht über den Zaun vorm Haus hinauskommt.

»Was ist, wann wir nach Salzburg fahr'n mit'm Enzian un schaun im Glockenspiel-Café amal in die Zeitung?« fragt sie.

Weil ich eigentlich gar nicht weiß, was ich will, sag' ich ja. Ich komme mir vor wie einer, der jede Medizin blindlings nimmt, weil er meint, daß sie hilft.

Also geht's nach Salzburg, ich wieder mit dem Riesenpantoffel. Der Lois verpackt mich in den Enzian hinein. Neulich abends habe ich ihm wieder pfeifen müssen, weil er mich im Garten vergessen hatte.

»Kommt's erst auf d' Nacht z'ruck?« fragt er.

»Net eher, als bis der Heilige Georg den Humor wieder g'funden hat«, sagt die Ungarische. »Bei dem sitzt was fest, das muß außi!«

»Stubenangst hat er halt!« sagt der Lois.

»Am Buckel 'naufsteig'n kannst ma!« sag' ich zum Lois.

»I hab' was Besseres z' tun!« erwidert der, und da fährt die Marika ab.

Der Majestätische steht hinterm Zaun und wiehert uns nach. Da tut mir der arme Teufel leid, daß er daheim bleiben muß. Mich freut aber heute rein gar nichts. So eine Autofahrt ist gewiß etwas Schönes, aber lieber tät ich schon zu Fuß gehen

oder reiten, grad jetzt, wo der Knöchel zuschanden ist. Ich schau' die Marika von der Seite an. Aber mit ihr ist kein Streit anzufangen, wenigstens keiner, bei dem man im stillen bei sich lacht und sich schon auf die Versöhnung freut. Was ich auch immer sagen werde, sie wird's verstehen und mir behutsame Antworten drauf geben.
Vielleicht kann ich mit dem Ober im Kaffeehaus einen Krach anfangen, denk' ich. Aber das geht auch nicht, weil die Ungarische mit ist und sich dann bloß drüber kränkt, wenn sie auch nichts sagt. Ja, wenn ich in den Sattel steigen könnte, dann wär der seelische Katarrh oder was sonst in mir wurmen mag, schnell hinausgaloppiert, aber so hock' ich neben der Ungarischen, zu nichts nütze und zu nichts aufgelegt.
Wenn sie mich nur wenigstens beschämen und vielleicht fragen würde: »Meinst, daß i komm'n bin, um dei' schlechte Laune zu genießen?«
Aber sie sagt das nicht, sie sagt überhaupt nie etwas, was auch nur einen Augenblick richtig weh tun könnte.
»Fahr ma erst zum Stieglkeller«, sag' ich, »auf a Bier?«
»Sixt es«, sagt sie, »so g'fallst ma schon besser! Wannst an Durscht hast, nachher dauert's nimmer lang, nachher bist bald bei'nand'! I maan, i war schuld dran, i hätt' net den Bugacer nach 'm Mittagessen bringen soll'n. Wann i drüben auf 'm Gut zur Unzeit an die Enzianflaschen gerat', packt mich die Sehnsucht zu euch ins Salzburgische hinüber, un wann i net fortkann, nachher geht's mir grad' wie dir. I kenn das, Unheiliger Georg, mir machst nix vor! Mir san schon zwaa rechte Deppen!«

Sie nimmt eine Hand vom Steuer und streicht mir übers Knie.

»Du, schau, daß d' Obacht gibst, damit mir net no mehr brechen als a Haxn!« sag' ich und lege ihr die Hand wieder zum Steuer zurück. Und einmal streiche ich drüber.

Die Ungarische lächelt durch die Windschutzscheibe hinaus auf die Straße, aber das Lächeln gilt mir, es bedeutet, daß wir auf dem Wege zur Besserung sind.

Eine Weile drauf sag' ich:

»Weißt was, fahr ma nach Hellbrunn! In Salzburg san mir zu viel Zuag'raaste!«

»Fahr ma nach Hellbrunn!« bestätigt die Ungarische mit einer Gemütsruhe, die nun wirklich ans Wunderbare grenzt.

»Du«, red' ich weiter. »Wann i jetzt sag': »Gemma zum Teifl, nachher ...«

»Gemma, gemma!« lacht sie. »Aber was hast denn für solche Eil? Das pressiert do net so, den Unheiligen Georg holt der Teufel schon, wann 's an der Zeit is!«

»Wann der Herr Pfarrer die Frau Gräfin so daherreden hören könnt', o je!« halt' ich ihr vor.

»Der wartet aa, daß i komm auf die Schachpartie! Aber 's is besser, der hat schlechte Laun' als du!«

»A Pfarrer muß immer mild bei Stimmung sein, Ungarische!«

»G'wiß, genauso wie a Reiter a stinkate Laun' haben darf, wann er net reiten kann. A jeder Stand hat halt sei' Privilegium!«

»Was hast denn du für aans?« frag' ich sehr ironisch.

»Is es net Privileg g'nug, wann i an Unheiligen Georg gern

haben darf?« sagt sie, und ihre Worte klingen ganz blitzblank, keine Spur von Spott summt mit.
»Jetzt haltst aber an!« sag' ich streng.
Und sie tritt sofort auf die Bremse und hält.
Dann kriegt sie von mir den Kuß, den sie schon lange verdient hat.
»Na, sixt es, Unheiliger Georg!« sagt sie, als ich sie auslasse.
»Was is, fahr ma, Euer Gnad'n? Nach Hellbrunn?«
»Was g'sagt is, is g'sagt!« mein' ich. »Fahr ma nach Hellbrunn!«
Sie läßt den Enzian brummen, und auf geht's!
Ich pfeif' mir eins unterwegs, und sie fragt:
»Worauf freust dich denn so?«
»Aufs Heimfahr'n, Marika, ungarische!«
»Aber erst nach'm Mokka in Hellbrunn!« sagt sie.
»A großartige Idee is das, darauf wär' ich gar net komm'n! A Mokka is immer guat!«
Und so rennt also der Enzian, was er nur kann, nach Hellbrunn, dabei möchten wir eigentlich viel lieber heim. Aber bei unserer Konsequenz geht's eben erst nach Hellbrunn, weil es ja gesagt ist.
Im Garten des Schloßrestaurants trinken wir unseren Mokka und schauen zu, wie die wißbegierigen Touristen, mit Kameras und Reiseführern bewaffnet, in Trupps vorbeiziehen.
Wir sind vor Jahren einmal hier gewesen und haben uns alles angeschaut, nur zu zweit waren wir mit dem Führer, weil wir zu einer Zeit kamen, da die Fremden das Salzburger Land meiden wegen des Schnürlregens. Dann merkt man

auch, daß es hier sogar Einheimische gibt, nicht bloß Zugereiste.
Das Schloß von Hellbrunn hat im Anfang vom siebzehner Jahrhundert der Erzbischof Markus Sittikus erbaut, der mir schon sympathisch ist, weil ich halt weiß, daß er ein Pferdemann gewesen ist und zwei schöne steinerne Rösser im Park aufgestellt hat, wie sie gerade Levaden machen. Auf einer Anhöhe, mitten im Wald, steht das Monatsschlösserl, das schaut weiß mit seinem Oberteil aus dem Grünen heraus und hat solch komischen Namen, weil es in einem Monat erbaut worden ist. Der Herr Erzbischof hat es halt eilig gehabt und den Handwerkern einen mächtigen Dampf aufgesetzt. Es ist ein Unglück, daß wir keinen solchen Erzbischof im Dorf haben, bei mir ist das hölzerne Brunnenrohr nun schon seit März brüchig, daß ihm das Wasser überall, bloß nicht vorn, herausläuft, wie es doch in der Ordnung wär, aber der Laderer Toni ist bis jetzt über das Versprechen, daß er es richten will, nicht hinausgekommen.
Was mir an Hellbrunn noch einen Spaß macht, das sind die Wasserkünste, und ehrlich gesagt, gefallen mir weniger die hochkünstlerischen als diejenigen, die einem vernünftigen Zweck dienen. Da ist ein steinerner Tisch mit den gleichen Hockern rundum, die in der Mitte ihrer Sitzflächen harmlose Löcher haben. Zur Entlüftung, könnte einer meinen, wenn er denkt, daß man sich auf steinernen Sitzen überhaupt heißsitzen kann. Aber die Löcher haben einen geradezu hinterlistigen Zweck. Aus denen spritzt nämlich Wasser, wann einer nur den richtigen Hahn aufdreht. Bloß ein Hocker ist trocken, das ist der vom Erzbischof selber vorn

am Präsidium. Wenn jemand so was niederträchtig Schönes erfindet, nachher darf er wohl auch das Recht für sich nehmen, daß er selber herausbleibt aus der Hetz. Die Gäste vom Erzbischof haben danach immer gewußt, wann sie ans Heimgehen denken sollten. Sobald es ihnen hinterrücks feucht geworden ist, nachher ist's Zeit gewesen.

Wie ich eben daran gedacht habe, muß mein Gesicht ganz strahlend ausgesehen haben, und die Ungarische fragt mich, woran ich denn so ein stilles Vergnügen habe. Und weil ich ehrlich bin bis an die Grenzen des Schicklichen, habe ich ihr gesagt, daß ich an die Spritzhocker vom Erzbischof gedacht hab'.

Die Ungarische schüttelt nachsichtig den Kopf und sagt: »Schamst di gar net, so was zu denken und dabei a G'sicht zu machen, als tätst in wunderschönen Liebeserinnerungen schwelgen?«

»Geh, Marika!« sag' ich. »Frag amal an jeden Menschen, der sich still eins lächelt, nach dem Grund seiner Freude! Ich fürcht', du würdest da größere Enttäuschungen erleben als bei mir, der ich halt bloß einen historischen Spaß drüber hab', daß gewisse Leut' a nasse Hinterhand 'kriegt ham, die heut scho' lang tot und vergessen san.«

»Ja, ja«, meint die Ungarische, »manchmal hast halt wirklich an unbändigen Sinn fürs Höhere. Da kamma nix machen!«

»Du, i will dir was sagen!« antworte ich ihr. »Fahr ma heim! Aber den Kaffee zahlst, weil du unbedingt hierher hast müssen, auf'n Mokka!«

Die Ungarische schaut mich an, als ob sie gar nichts mehr versteht. Daß ich ihr die Schuld geb' an Hellbrunn, wo ich selber g'sagt, daß wir herfahren wollen? Aber so ist die Marika, sie nimmt die Schuld schweigend auf sich. Außerdem könnt' ich gar nicht zahlen, weil ich kein Geld einstecken hab'. So ist es bei uns im Dorf. Da geht man tagelang herum, ohne einen Heller in der Tasche zu haben, einer gibt dem anderen einen Kredit, und wann's ans Aufrechnen und Zahlen geht, nachher gibt's an Krach. Bei uns herrschen halt solide Verhältnisse. Wann einer schon zahlen muß, nachher will er auch eine Hetz' haben. Anderswo wird gar nicht gezahlt, dann wird geklagt, und die Hetz' haben die Advokaten. Bei uns genügt als letzte Aufforderung zur Zahlung das Angebot von Handgreiflichkeiten unter Zeugen, damit nichts abgestritten werden kann. Ginge es nach uns, dann würde die ganze Gerichtsbarkeit an den Bettelstab geraten.

Aber nun fängt doch ein Theater an bei uns. Wie es ans Zahlen geht, hat die Marika doch nur ungarisches Geld bei sich, ein paar Pengö. Aber man muß einen Salzburger Zahlkellner kennen. Der schaut sich die Devisen an, sagt ganz entzückt, daß er früher eine Zeitlang in Budapest gearbeitet hat und daß es die schönste Zeit seines Lebens bleibt, wann nicht noch was Wunderbareres kommen sollte. Dann fragt er noch, ob die gnädige Frau zufällig den Kovacic – oder wie er gleich geheißen hat – kennt, der am Ostbahnhof im Wartesaal Zahlkellner gewesen ist.

Und wer meine gnädige ungarische Frau Gräfin kennt, der wundert sich natürlich gar nicht, daß sie sagt, sie hat den Kovacic – oder wie er gleich geheißen hat – sehr gut gekannt. Fesch hat er ausg'schaut in seinem schwarzen Frack!

Nun trägt natürlich jeder Zahlkellner einen schwarzen Frack, aber das Erkennungszeichen genügt, daß die zwei sich über den Kovacic – oder wie er gleich geheißen hat – wie über einen alten Bekannten unterhalten, den die Ungarische nie im Leben gesehen hat. Aber sie will dem freundlichen Zahlkellner eine Freude machen, und da kennt ihre Phantasie keine Grenzen. Der Gute will schließlich kein Geld nehmen. Eine Ehre wäre es ihm, sagt er. Und da ist es wieder der Ungarischen eine Ehre, daß er ihre fünf Pengö nimmt. Und der Zahlkellner schwört, daß er sie sich aufheben wird als Andenken an die gnädige Frau, die mit dem Kovacic – oder wie er gleich geheißen hat – so gut bekannt gewesen ist. Ganz glücklich sind beide darüber, daß ein Kovacic – oder wie er gleich geheißen hat – in Budapest Zahlkellner im Wartesaal am Ostbahnhof war.

»Schamst di gar net, den so anzulügen?« frag' ich die Ungarische auf der Heimfahrt.

»Wannst an Menschen glücklich machen kannst, nachher is kaa Lug verboten!« sagt sie.

»So?« frag' ich wieder. »Nachher hast mich wohl auch schon auf solchene Weise glücklich gemacht?«

Also, da kriegt die Ungarische ihr energisches Gesicht, das ich nicht an ihr liebe. Aber wie sie mich anschaut, flaut der Sturm ab, noch eh er losbricht.

»Wann der Mensch liebt«, sagt sie mit der Weisheit eines vollbärtigen Lehrstuhlbesitzers für Philosophie, »nachher lügt er aa! Oder hätt' i dir immer alles sagen soll'n, wo i im vorhinein g'wußt hab', daß es dich kränkt?«

»Recht hast, Marika!« gesteh' ich kleinmütig. Und dann

denke ich eine Weile nach. Irgendwas hat die Ungarische einmal für mich im Leben getan, wovon sie nie ein Wort gesprochen hat. Es ist gewesen, daß ich im Druck gesessen bin, und alles hat sich nachher auf so wunderbare Weise gelöst, wie ich es meinem Schicksal, das sich für gewöhnlich nicht auf Wunder einläßt, gar nicht zugetraut hab'. Fragen möcht' ich sie schon einmal, ob sie damals, als ich den Majestätischen um ein Haar hätte verkaufen müssen, weil es bei ihm nicht mehr zum Hafer und bei mir nicht mehr zum Brot gereicht hat, als Schicksal aufgetreten ist. Aber sie würde ja eh alles abstreiten, weil sie nicht will, daß wir einander verpflichtet sind über unsere Liebe zu uns und zu den Pferden hinaus. Das genügt schon, damit zwei Menschen aneinanderhängen wie die Kletten. Zweimal haben wir's versucht, uns zu trennen, aber jetzt geben wir's auf, wie wir nie auf den Gedanken kommen würden, die Grashalme in der Pußta zu zählen.

Als wir daheim anlangen, sehen wir, wie der Lois hinüber in sein Haus geht. In den Händen trägt er kleines Grabgerät, aber er wendet sich nicht um, obwohl die Ungarische den Enzian kräftig hupen läßt.

Der Lois geht weiter, als ob er was auf dem Gewissen hätte. Erst als ich ihm pfeife und er hinter seinem Zaun gewesen ist, kehrt er um und tut, als hätte er uns seit Jahr und Tag nicht gesehen.

»Da seid's ihr ja wieder!« ruft er aus. Dann hilft er mir aus dem Enzian heraus, und wie wir in den Vorgarten kommen, bricht die Ungarische in hellen Jubel aus. Ihr Alpinum ist wieder hergerichtet, wundervoller, als es jemals war. Eine

Künstlerhand muß da am Werk gewesen sein.

»Schön ist das von dir, Lois!« sagt sie und nimmt ihn beim Kopf. Aber der Lois wehrt sich, als ob ihm einer eine Untat in die Schuhe schieben will. Er ist es nicht gewesen! Aber wer denn sonst? Und was er dann hier bei uns zu schaffen gehabt hat?

»Dem Majestätischen hab' i a Futter 'geb'n un sei Türl repariert!« sagt der Lois mürrisch, weil er das schon zugeben muß.

»Aha!« meine ich. »Eing'sperrt hast ihn, damit er net wieder hergeht und frißt 's Alpinum ab, wo du's grad erst gepflanzt hast!«

»Am End hat's der Pfarrer 'tan«, lügt der Lois weiter. »Vielleicht hat dem der Heilige Georg bei'gstanden, wo ihr euch ja so gut vertragt mit dem!«

Und wie wir am Haus sind, sagt er, daß er gehen muß, weil drüben auf ihn die Arbeit wartet.

So entzieht er sich dem weiteren Forschen nach der Wahrheit, die er nicht sagt, eher beißt er sich die Zunge ab, der Hallodri! Am Gartentor begegnet er dem Pfarrer, der daherkommt, um seine Schachpartie anzumahnen. Den fragt die Ungarische jetzt, wie er sich das Wunder erklärt, weil es der Lois doch nicht gewesen ist und der Herr Pfarrer auch nicht, das sieht man ihm an, weil er keine schwarzen Ränder unter den Fingernägeln hat von der Erdarbeit.

Der Pfarrer lächelt und meint, daß halt doch noch Zeichen und Wunder geschehen, wenn man nur den rechten Glauben hat, den er bei der Frau Gräfin voraussetzt. Ein

Schwindler deckt hier den anderen, und der zweite bemüht sogar den Himmel noch.
Weil sich der Pfarrer in solche Unkosten stürzt, ist die Ungarische bereit, an ein Wunder zu glauben. Und sie gibt das so ehrlich zu, wie sie in Hellbrunn dem Zahlkellner gesagt hat, daß sie den Kovacic – oder wie er gleich geheißen hat – kennt. Der Majestätische steckt gerade den Kopf zum oberen, offenen Teil der Stalltür heraus und wiehert hellauf.
»Wunder?« sag' ich. »Da lachen sogar die Pferde!«
Die Ungarische und der Pfarrer schaun mich an, als hätte ich was ganz Gottloses gesagt. Dann fängt er an von der Schachpartie. Sogar die Steine hätte er schon aufgestellt gehabt!
Da tut es der Ungarischen sehr leid, daß er sich so viel Umstände umsonst gemacht hat, aber sie hätte mit mir rasch zum Doktor nach Salzburg fahren müssen, weil die Schmerzen in der Haxn zu arg geworden wären.
Da wendet sich der Pfarrer teilnahmsvoll an mich und fragt, was es denn gewesen sei.
»Nix is g'wesen!« sag' ich. »Alles bloß Einbildung!«
So bin ich wenigstens in der Nähe der Wahrheit geblieben. Aber man sieht, wohin ein ehrlicher Mensch kommt, wenn er unter die Lügenpeter gerät, die einander nur beschwindeln, um sich gefällig zu sein.
Der Pfarrer hat vorbeigeschaut, weil er zur alten Zenzi ans Ende vom Dorf muß, mit der es aufs Letzte geht, die sich aber mit Leib und Seel' gegen das Sterben stemmt. Sechsundneunzig Jahr ist es gut gegangen, meint sie, und sie will das Hundert vollmachen. Der Rekord im Dorf steht auf

achtundneunzig, den hält der selige Klemperer Pepi, den die Zenzi nicht hat leiden können, weil er ihr die Eh' versprochen gehabt und nachher von nix hat was wissen wollen, als ein Bub dagewesen ist. Gezahlt hat er, der Pepi, aber abgestritten hat er alles, obwohl er dem Buben obendrein noch seinen Hof vererbt hat, wie es aus gewesen ist mit ihm.
Der Pfarrer geht nun zur Zenzi, um ihr klarzulegen, daß man gegen des Herrgotts Fahrplan nichts ausrichten kann. Wann der pfeift, nachher geht's ab, da hilft nichts!
Wir finden den ungarischen Wein nicht mehr auf dem Tische. Die leere Flasche steht noch da, und der Heilige, der das Alpinum gerichtet hat, muß ein Saufaus gewesen sein. Jetzt erinnert sich die Ungarische auch, daß der Lois ein Rüchlein im Atem gehabt hat, das ihrer Nase bekannt vorgekommen ist. Die Ungarische hat dann das Nachtmahl gerichtet, und wie wir fertig gewesen sind mit Essen, hat sie gemeint, ich sollte nun weitererzählen vom Majestätischen. Müd' wär ich von der frischen Luft, hab' ich gesagt, und wenn es ihr recht ist, daß wir hinaufgehen und uns niederlegen, dann will ich erzählen.
Erst hat sie mich angeschaut, als ob sie unseren heiligen Eid schon knistern hörte, aber dann hat sie sich wohl etwas auf die eigene Standhaftigkeit zugute gehalten und ist einverstanden gewesen. Sie ist vorausgegangen und hat oben alles gerichtet. Dann ist sie wieder heruntergekommen und hat mir die Stiege hinaufgeholfen. Oben ist es dunkel gewesen, bloß durch die Herzen von den Fensterläden ist das Abendlicht von draußen gedrungen.
»I komm glei'«, sagt sie und verschwindet nebenan in der

Kleiderkammer. Wie sie gekommen ist in einem ihrer Nachthemden, die so spinnwebig sind, daß man sie mehr ahnt als sieht, bin ich schon die Länge lang im Bett gelegen. An mich heran ist sie gerückt, daß ich jetzt schon den heiligen Eid auf Biegen oder Brechen hab' krachen hören, aber sie hat meine Hand auf den rechten Weg geführt und gesagt, daß jetzt erzählt werden sollte.

Ich seufze also, daß es einen Hund jammern kann, und fange an: »Die Monate habe ich schon gar nicht gezählt, die ich in Piber zugebracht habe. Weil es auf der Prentlalm ein Unwetter gegeben hat, sind die Fohlen unten auf den Piberer Weiden über den Sommer geblieben, und es war um die Zeit, da sich der Majestätische schon von Mutter Austria allmählich fortgewöhnte, da bist du gekommen, Ungarische...«

»Mach net solche Sprüng'!« ermahnt sie mich. »Erzähl genau, wie's komm'n is!«

Jetzt wird sie vielleicht alles besser wissen wollen, denke ich bei mir, aber jedesmal, wenn ich von der Marika ungut denken will, sitz' ich ihr auf. Sie gibt mir einen Kuß auf die Wange und sagt:

»Fang schon an! I werd' nix dazwischenreden, wannst bei der Wahrheit bleibst!«

»Ja, eines Morgens, wie ich mit dem Majestätischen meine Späße getrieben habe, ist unten von Köflach her der Wagen vom Gestüt gekommen und hat am Weg gehalten. Der Kutscher ist abgestiegen und hat einer Dame vom Wagen helfen wollen. Aber die ist mit einem Satze heruntergewesen und gleich durch den Draht der Einfriedung gekrochen wie eine springfaule Stute.

Als sie zu mir auf die Weide kommt, seh' ich, daß sie eine Kamera bei sich hat. Aha, denk' ich, ein Zeitungsweib, das hierher kommt und nachher einen gefühlvollen Bilderartikel veröffentlicht in der Zeitung, daß es einem jeden Pferdemann graust, sobald er nur anfängt zu lesen.
Der Kutscher kommt hinterdrein gelaufen.
›Des is die gnädige Frau Gräfin aus Ungarn!‹ stellt er sie mir vor. Meinen Namen verschweigt er, vielleicht, weil ich schlicht bürgerlich bin und mich bloß die Fiaker Baron nennen.
Ich lüfte den Hut, und sie nickt.
Ich klemme den Hals vom Majestätischen unter den Arm. Am liebsten möchte ich ihn überhaupt zusammenpacken und auf und davon mit ihm gehen. Wenn sie ihn bloß nicht anfaßt, denk' ich eifersüchtig.
Gut schaut sie schon aus, die Frau Gräfin, nicht geschminkt oder nach irgendeiner blödsinnigen Mod' angetan. Einen blauen Hut hat sie auf, und drunter schauen ganz dunkelbraune Locken hervor, von denen man auch sagen könnte, daß sie schwarz sind, und einen grauen, festen Mantel hat sie noch an, just einen, wie man ihn braucht, wenn es plötzlich anfängt zu schütten.
Auf einmal ist der Kutscher weg, wir stehen allein da, und keiner sagt ein Wort. Bloß mit der Zunge schnalzt sie dem Majestätischen zu und hält ihm die Hand hin, eine kleine Hand, die schön ist, das muß ihr der Neid lassen.
Und der Majestätische, der Lump, fängt doch an, in meinem Arm zu drängen und zu schieben, aber ich laß' ihn nicht aus. Liebe mich, oder ich brauch' Gewalt, denk' ich, aber da ist

er mir hinterrücks ausgekommen, tut ein paar Sprünge um mich herum und ist bei dieser Gräfin, die ihn nun gleich streichelt und drückt, als ob sie zum erstenmal ein Fohlen sehen würde. Dazu lacht sie hellauf, wie sie mich allein dastehen sieht und mir der Majestätische untreu geworden ist. Soll ich ihn locken? Lieber nicht! Am End' kommt er nicht, der Gauner, und ich bin noch ärger blamiert! Aus solchen Armen ist so leicht keiner zu locken, denke ich grimmig und weiß gar nicht, was größer ist in meinem Zorn, der Neid auf die Gräfin wegem dem Fohlen oder die Eifersucht auf den Majestätischen wegen der Gräfin. Ganz durcheinander bin ich geraten, und einen Sturm hat es in mir drinnen gegeben, von dem ich gemeint habe, daß ihn die Gräfin spüren müßte. Aber die hat sich ganz und gar nicht angeweht gefühlt, so ist sie mit dem Fohlen beschäftigt gewesen.

›Bleiben S' länger hier?‹ frag' ich, um bloß was zu sagen.

›Wie lang, weiß i no net, aber lang ganz g'wiß!‹ sagt sie.

›Wieso reden Sie denn daher, als ob Sie a Unsrige wär'n? Ungarisch versteh' i kaa Wort!‹

›Brauchen S' aa net, wo i red' wie Sie!‹ antwortet sie.

›Da san S' wohl ...‹

›Ganz recht‹, sagt sie, ›vorm Krieg bin ich viele Jahr' in Wien g'wesen, un hitzo bin i jed's Jahr im Frühjahr da!‹

Also das gefällt mir nun schon an der Gräfin, der ungarischen, und wie ihr der Majestätische einen Knopf vom Mantel reißt, brauche ich mich gar nicht mehr zur Lustigkeit zu zwingen.

›Sie, der ziagt Ihna aus, bis Sie wie die Eva im Paradies auf der Weiden stehn!‹ lache ich.

Die Gräfin wird rot.
›Na, an Spaß werden S' doch verstehn!‹ sag' ich.«
Die Ungarische unterbricht mich hier und meint:
»Sixt es, Unheiliger Georg, an den Worten hab' i's g'spürt, daß du verliebt bist in mich. A G'sicht hast dazu g'schnitten, als tät er dir sehr leid, dein Witz, dein blöder!«
»Na, so blöd war er net, Ungarische!« widerspreche ich ihr.
»Aber g'schaut hast dazu, als ob du mich tatsächlich sehen wolltest wie die Eva, so gierig ist er g'wesen, dein Blick!«
»Un jetzt schau i nimmer so? I maan do net, Marika?« frag' ich, weil ich den gierigen Blick nicht auf mir sitzen lassen will.
»Naa, hitzo schaust net mehr so, weil du's halt nimmer nötig hast! Net, daß du meinst, du bist besser geworden!« erwidert sie.
»So? Damals hast also schon g'wußt, daß i verliebt bin?« frag' ich weiter.
»Aber, Unheiliger Georg, i lüg' do net!«
»Aber wo, bloß den Kovacic – oder wie er gleich geheißen hat –, den hast kennt! Wannst die Wahrheit sagst, nachher hast's eher g'wußt, daß i dich gern mag, als i selber!«
Da muß die Ungarische wieder meine Hand zu mir hinüberlegen. Aber so energisch wie beim erstenmal tut sie es nicht mehr, und als ich weitererzähle, da kann ich das innere Freuen gar nicht mehr unterdrücken und sage:
»›Ja, gnädigste Frau Gräfin wohnen dann wohl auch im Gasthof?‹ hab' ich gefragt.
Sie nickt, aber wie es scheint, gar nicht begeistert. Und ich lächle still vor mich hin.

›Was grinsen S' denn?‹ fragt sie.
›Aus reiner Freud'!‹ sag' ich. ›Hier gibt's nur an einzigen Gasthof, und der hat bloß a einzig's Fremdenzimmer, un das hab' i!‹
›Da wer'n S' halt anderswo schaun, daß Sie schlafen können!‹ bestimmt sie seelenruhig.
›Aber bittschön, das beleidigt mich ja direkt!‹ sage ich. ›Lassen S' mich doch erst ausred'n! In dem Fremdenzimmer san do zwaa Betten, ganz getrennt stehen die, auf Rufweite entfernt gewissermaßen!‹
›Von mir aus schlafen S', wo S' halt wollen!‹ sagt sie und erstickt ihren Ärger in Gleichgültigkeit.
›A Billjard wär' no da‹, sag' ich, ›aber wann's Ihnen schon wurscht is und wann i die Wahl hab', nachher möcht' i do net auf dem Billjard, sondern im Fremdenzimmer ...‹
›San S' still!‹ schreit sie mich an, und hübsch ist sie, wie sie so zornig vor mir steht.
Dabei hat sie den Majestätischen losgelassen. Der kommt zu mir herüber und stellt sich an meine Seite, als ob er sagen will: G'lacht wär's, wann wir zwei die ungarische Gräfin da nicht kleinkriegen sollten!
›Na, bis zum Abend is no lang Zeit!' sage ich zu ihrer Beruhigung. Und dann kommt sie und will mir den Majestätischen wieder entreißen. Aber der will justament bei mir bleiben, weil ich ihn an seiner Lieblingsstelle am linken Schultergelenk kraule. Also streichelt sie ihn anderswo, aber weil so ein Fohlen von vier Monaten doch kein Elefant ist, kommen sich unsere Hände in die Quer, und ich nehme die Gelegenheit wahr, um ihr die Hand rein aus Versehen mit-

zustreicheln, und sie läßt die Hand auch für einen Augenblick stilliegen.«

»Aber geliebt hab' i dich net, Unheiliger Georg!« redet mir jetzt die Ungarische dazwischen. »An Zorn hab' i g'habt auf dich wegen dem Schlafen und dem Billjard. Der is aa wie alle anderen Männer, hab' i mir halt denkt.«

»Aber nachher hast meine Qualitäten gleich erkannt, Ungarische!« sag' ich und drücke sie an mich.

»Na! Qualitäten?« fragt sie. »Wieso i mich damals verliebt hab' in dich, dös mag der Himmel wissen! Und hitzo gib a Ruh' mit die Händ' und erzähl' weiter!«

»Ja«, fahr' ich fort, »dann hast also die Hand weggezogen, und wie ich sie noch einmal erwischt und festgehalten habe, nachher hast sie weggerissen und mir auf meine Hand draufg'haut!«

»Ja, und leider Gottes hat's mir leid 'tan, wie du so blöd drein'gschaut hast, und entschuldigt hab' i mich. Aber du, des tät i heut' nimmer!« unterbricht sie mich wieder.

»Red net so frevlerisch, Ungarische!« weise ich sie zurecht, und da läßt sie auch meine Hand dort liegen, wo sie sich hingepürscht hat. Aber damit sie mir nicht gleich draufkommt, erzähle ich rasch weiter:

»Ja, um Mittag sind wir nachher zum Gasthof ins Dorf, aber wie wir angelangt sind, das ist nicht mit einem Wort gesagt. Du hast dir in einem Loch, das die Pferde beim Galopp auf der Weide gerissen hatten, den Fuß verknackst. Und das muß sehr weh getan haben, denn du hast meinen Arm angenommen, und so sind wir untergefaßt im Gasthof angekommen. Wie die Reserl, die der alten Mutter im Gasthof alles geführt hat, uns so sieht, sagt sie, daß sie doch recht behalten und recht getan hat, daß sie den Koffer von der gnädigen Frau gleich zum Herrn mit hinauf ins Zimmer geschafft hat. Du hast nichts gesagt dazu. Bei einer anderen Frau wäre ich mir nun meiner Sache sicher gewesen, aber bei dir nicht, Ungarische, schon damals bist halt eine Besondere gewesen!« Und wie meine Hand leise zu streicheln anfängt, tut sie, als ob sie es gar nicht merkt. Ich fahre fort mit meiner Spitzbubenfreude:

»Zusammen gegessen hast mit mir, und dann sind wir ins Erzählen gekommen, von den Pferden haben wir geredet, zwischendurch amal von uns, und schließlich hast mir verboten, daß ich fortgesetzt Frau Gräfin zu dir sag'. Und die gnädige Frau ist dir auch über gewesen, als ...«

»... als i bemerkt hab', daß du halt aa a Roßnarrischer bist und unverbesserlich wie i selber!« hilft mir die Ungarische ein und schiebt mir meine Hand zur Schulter.

»›Georg heiß ich, wann Sie mich amal rufen sollten', hab' ich damals zu dir gesagt, und du hast gemeint, du hättest nichts dagegen, wenn ich Frau Marika zu dir sagen tät. Aber da sind wir schon beim Wein gewesen. Und am Nachtmittag hat der Wein derart gewirkt, daß du gar nicht gemerkt hast, wie ich immer schlankweg Marika zu dir gesagt habe. Am Nachmittag sind nachher auch die Stuten mit den Fohlen wieder aus den Laufställen auf die Weiden gegangen; weil es über Mittag die Fliegen draußen gar zu arg treiben, sind die Pferde zu der Zeit im Stall. Schön hat das ausgeschaut vom Fenster aus, das einen Blick gegeben hat auf den Weg hinunter. Einen Bogen hat er gemacht unter den alten Bäumen durch, und die weißen Felle der Stuten haben aus dem Grün herausgeleuchtet, so schön ist es gewesen, daß du dich an mich gelehnt und nicht gemerkt hast, daß ich dir einen ganz leisen Kuß auf den Hals gegeben habe.«

»Gemerkt hab' i's schon!« sagt die Ungarische.

»Mußt mir net immer so die Pointen verderben, Marika!« erwidere ich und erzähle weiter:

»Ja, und dann sind wir uns auslüften 'gangen über die Weiden, dein Knöchel ist wieder gut gewesen ... Du, sag ehrlich, Ungarische, hast dich damals bloß so ang'stellt oder hat's wirklich so weh 'tan?«

»I verderb dir kaa Pointen mehr, Unheiliger Georg!« sagt die Ungarische, sie fängt meine Hand ab und legt sie zurück auf die Schulter, wo sie meint, daß sie ungefährlich ist.

»Aber auf den Abend hat nachher doch die Entscheidung fallen müssen. Am Tisch haben wir beraten, wie es zu machen ist, du hast mir gesagt, daß halt so ein Billard noch immer besser ist als gar kein Bett. Aber ich habe gemeint, daß wir kein Aufsehen erregen und der Resl keinen Kummer machen möchten, daß sie sich mit ihrem Kennerblick so in uns getäuscht haben soll. Ganz ernsthaft haben wir das besprochen nach dem Nachtmahl bei einigen Vierteln Wein. Ja, und plötzlich hast du einen heroischen Entschluß gefaßt und deine Bedingungen gestellt. Erstens willst du zuerst hinaufgehen, und ich soll in einer halben Stunde nachkommen. Zweitens willst du das Bett am Fenster haben, damit ich nicht bei dir vorbeigehen muß und du zum Fenster hinaus um Hilfe schreien kannst. Drittens darf ich kein Licht machen. Viertens nicht schnarchen. Fünftens soll ich mein

Reiterehrenwort geben, daß ich dich nicht im Schlaf überfallen will. Und dann ist noch ein Nachtrag gewesen: Am Morgen muß ich mit dem Kopf unter die Decke, damit ich nichts sehen und hören soll, wenn du aufstehst. Das ist ganz besonders mit unters Reiterehrenwort gefallen. Weil mir nun schon alles egal gewesen ist und sich der Mensch zufriedengeben soll, sobald er auch nur ein kleines Stückerl im Leben weiterkommt, habe ich mein Reiterehrenwort verpfändet und obendrein noch geschworen, daß ich es auch halten werde. Und so haben wir uns dann bis in die tiefe Nacht noch unterhalten. Schließlich bist du eingeschlafen, Marika, wie schon Mitternacht vorüber war. Kalt wär's im Bett, hast du vorher noch geklagt, aber dich schön dafür bedankt, daß ich kommen und wärmen helfen will. Dann wär dir schon ein Schnaps zuverlässiger.
Zuletzt hast noch gefragt, ob ich das Hengstfohlen, den Majestätischen, sehr gern mag. Ja, sehr gern, habe ich gesagt, und darauf hast mir keine Antwort mehr gegeben.
Wie ich am Morgen aufgewacht bin, bist schon ausgeflogen gewesen und bist unten gesessen am Frühstückstisch.
›Georg‹, hast gesagt, ›von heut ab ernenn' ich Sie zum Heiligen Georg!‹
Und ich hab' erwidert, daß ich auf eine Heiligkeit, die einem solche Kasteiungen auferlegt, pfeif'. Und das Ehrenwort hätte nur für eine Nacht gegolten, ich würde es mir sehr überlegen, ob ich es für die nächste wiederum so leichtsinnig geben wollte. Und dann hätten die meisten Heiligen immer erst die Dinge genossen, denen sie nachher entsagten. Und der Heilige Georg sei einer von denen gewesen.

Aber schließlich ist mir das Frühstück wichtiger gewesen als meine ganze windige Heiligkeit.
Der Assistent vom Gestütsleiter hat nachher gefragt, ob wir den Vater vom Majestätischen sehen wollten, wie er bewegt wird.
Draußen hat es geregnet, ganz fein, aber der Himmel hat ausgesehen, als ob das Wetter so bleiben sollte.
Deswegen ist auch der Maestosohengst in der gedeckten Reitbahn bewegt worden. Gezäumt und gesattelt ist er gewesen, und ein Mann vom Gestüt hat ihn an der Longe auf dem Zirkel laufen lassen.
›Möchten S' net amal schaun, was der noch kann von der Spanischen Reitschul' her?‹ fragst du mich.
›Sie woll'n ja eh nur wissen, ob i reiten kann‹, sag' ich dir und geh' auch schon zum Longenführer. Der will erst nicht, daß ich den Hengst reite, weil er doch für ihn verantwortlich ist, aber schließlich kann ich ihn überzeugen.
Mächtig viel drauf hat er gehabt, der alte Maestoso, und erst hat er's wissen wollen, wer ihm da im Sattel sitzt. Wie er gemerkt hat, daß ich mich gut aufs Handwerk und ein wenig auf die Kunst versteh', nachher sind wir einig geworden. Erst haben wir uns in allen Gangarten getummelt und uns stolz getan mit der Piaffe und dem Spanischen Tritt, und damit hab' ich's gut sein lassen wollen. Aber wie du mir zugerufen hast, daß der Maestoso doch ein berühmter Kaprioleur gewesen ist in der Spanischen Reitschule, und ich soll doch amal versuchen, ob er's noch kann, da ist es mir halt doch ein wenig warm geworden im Sattel, weil so ein Sprung in die Luft, wo das Pferd auch noch hinten ausschlägt, daß

man meint, das ganze Roß zerreißt, doch eine Sache ist, bei der man das Herz festhalten muß.

Eins hab' ich gewußt, und das war mein Glück. Den Maestoso hat mein Freund gehabt in der Spanischen Reitschule, der Leopold, der Oberbereiter, und dessen Art, die Pferde zu behandeln, ist mir bekannt gewesen.

Also lasse ich den Maestoso piaffieren, und wie er gut im Takt und gesetzt gewesen ist in den Hanken, habe ich ihn hochgenommen zur Pesade und ihn daraus blitzschnell mit einem Zungenschlag abspringen lassen. Und im Sprung noch einen Zungenschlag und einen Schenkeldruck. Er streicht, gibt mir einen Ruck im Sattel, aber ich bleib' oben geklemmt, obwohl er mir beim Atmen die Schenkel wegdrücken will. Noch einen Stoß erwisch' ich, wie der Hengst wieder auf allen vieren landet, und dann ist die Kapriole zwar nicht ausgesessen, aber überstanden gewesen. Gleich bin ich aus dem Sattel und hab' den Maestoso gelobt, weil er doch sein Bestes getan hat und mit mir so glimpflich umgegangen ist.

›Sie dürfen sich was wünschen, Heiliger Georg!‹ sagst du voll Freude zu mir. ›Aber net gleich den Mund zu voll nehmen!‹

›Ja, wem 's Herz voll ist‹, sag' ich ganz ernst, ›der nimmt aa den Mund voll. Also Marika, Sie wissen ja eh, was i mir wünsch'!‹

Leise hast mir geantwortet:

›Bleib noch für a Zeit der Heilige Georg, unheilig wirst schon noch werden! I fürcht', du wirst mich da net viel drum fragen.‹

›Ja, das nächste, was i mir wünsch', wär' dem Maestoso sein Sohn hier, der kleine Majestätische, den i so gern mag. Aber den verkaufen s' mir net, un i moan, Gräfin, ungarische, da kannst mir aa net helfen!‹

›Is das dein Wunsch, Heiliger Georg?‹ hast mich noch einmal gefragt. ›Das Fohlen?‹

Und ich hab' genickt, aber sehr traurig.

›Joi, joi!‹ hast gesagt. ›Schau ma, was ma da tun können!‹«

Die Ungarische drängt sich an mich, und ich fasse sie fester.

»Sag!« frage ich sie. »Weshalb hast mir damals meinen ersten Wunsch, den ich nach dir gehabt hab', net erfüllt?«

»Weil ich ihn dir ja eh erfüllen wollt und es doch halt mein eigener war. Damals bist net draufkomm'n, Depp, daß i's gut g'maant hab'! Die Frau solltest halt kriegen, und 's Roß aa! Und damit laß es heut' gut sein mit 'm Erzähl'n, Unheiliger Georg!«

Müde ist sie nicht, die Marika, aber so zauberhaft wach verträumt, daß der heilige Schwur, der ein paar Tage so gut gehalten hat, ganz fern in die dunkle Erinnerung rückt, geradezu historisch wird er, von der Zeit überholt.

Wie wir am Einschlafen sind, sagt die Ungarische mit ihrer warmen, dunklen Stimme:

»Hitzo schwör' i dir aber, daß i nimmer an Schwur tu', was uns zwaa angeht!«

Die Ungarische und ich lieben einander mit Herzklopfen, nicht weil einer des anderen unsicher ist, sondern – ich habe mich oft genug, wenn ich die Abende allein saß auf der Bank vorm Haus und den Majestätischen im Stall schnauben hörte, gefragt, woher dieses Herzklopfen kommen mag. Es kann uns jeder am Erzählten nachrechnen, daß wir nicht in jenen Jahren sind, die der Jugend landläufig gehören, aber darauf kommt's in der Liebe wohl nicht an. Wenn es nach der Unvernunft geht, nachher überbieten wir die Jüngsten. Freilich stürmt es nicht mehr im Blut, das in die Sinne schießt, bei uns geht's durchs Herz, und das hat dann seine liebe Not, damit es dem erhöhten Druck Widerpart leisten kann. Wir haben nie aneinander das erlebt, was der Herr Pfarrer als Wollust verdammt, wenn es wieder einmal vorehelichen Zuwachs im Dorf gegeben hat, stille Stunden sind es gewesen. Mag sein, daß einem Pferdemenschen der Vergleich naheliegt, daß unsere leichten Zügelhände gleichsam bestimmend geworden sind für das Leben. Wenn die Ungarische den Majestätischen reitet, wie sie es in diesen Tagen immer für mich tun muß, kommen mir Gedanken, die ich leichter dem Papier anvertraue, als sie sage. Mit einer unendlich leichten Hand, ohne Zwang, mit dem leichten Reiz des Treibens bringt sie den Majestätischen zu seiner Entfaltung, man sieht's ihm an, wie es ihn freut, daß er dieser Frau folgen darf.

Sicher ist meine Hand energischer und meine Aufforderung zum Vorwärts stärker, wenn ich ihn reite. Ich fühle, wie ich den Majestätischen jedesmal überzeugen muß, damit er gern gehorcht. Unter der Ungarischen geht er leichter, die stumme Musik seiner Bewegungen ist gleichsam Improvisation, an der einen die kleinen Fehler und Eigenwilligkeiten als besondere Pointen freuen. Bei mir muß er arbeiten, der Majestätische, wir lassen einander nichts durchgehen, er reagiert auf meine Fehler sofort, und ich korrigiere seine. Bis wir mitsammen zur Vollkommenheit gelangt sind, fließt mancher Schweißtropfen, damit die Kunst nachher gefällig wirkt. Und wir geraten nicht ins Schwitzen, weil wir einander schinden auf Biegen oder Brechen, es gibt zwischen uns keine Kämpfe, in denen einer siegt und der andere unterworfen wird. Wir haben vielmehr Mühe, daß wir zueinander finden. Ich reite den Majestätischen mit dem Kopf, die Ungarische reitet ihn aus einem fühlsicheren Instinkt, mit dem kommt sie seinem Empfinden näher, während er bei mir aufs Gedankenlesen angewiesen ist. Und das dauert halt eine kleine Zeit, bis er sich hineinbuchstabiert hat.

Ein seltsamer Mittler ist der Majestätische zwischen uns beiden, er hat uns die Hohe Schule der Empfindungen gelehrt. Immer, wenn ich am Morgen, noch erfüllt von Marika, ritt, ging er leicht, als ob er sie trüge, aber je mehr es abklang, das Erlebnis der geliebten Frau, desto stärker betonte er im Gang die Eigenart, die er just nur unter mir zeigt. Die Hohe Schule des Reitens und der Liebe, für uns sind sie eins geworden, und wenn nun einer sagt, daß er das nicht begreift, dann ist die Mühe halt umsonst gewesen, die ich mir gegeben hab', um alles recht klarzulegen. Ich leide schon immer Schiffbruch, wenn ich mich auf die kalte Vernunft verlege, wahrscheinlich überwiegt halt doch manchmal das Herz das Denken, und daß es so ist, das verdanke ich der Ungarischen, der ich ähnlich geworden bin, wie sie sich mir angenähert hat. Die Vernunft kriegt der Mensch, meint die Ungarische, im Lauf der Jahre wie das Podagra. Verkühlt sich einer die Seele, gleich hat er die Vernunft erwischt. Aber gegen die Erkältung des Herzens sind wir geschützt, weil eins das andere heiß hält am Klopfen und am Leben.

Wie ich der Ungarischen dies alles auseinandergesetzt hab', hat sie gemeint, daß der letzte Gedanke der schönste gewesen ist, und dann wären wohl noch ein paar gute gewesen, auf die sie aber nicht mehr hat kommen können. Das andere sei halt doch zu hoch. Zu hoch, hat sie gesagt, die gute Ungarische, und gemeint hat sie bei sich: zu verworren und durcheinander.

Und die Schuld an meinem Gedankenwirrwarr hat sie sich selber gegeben, weil sie mich aufs Erzählen gehetzt hat und ich gemeint hab', daß ich auch amal was besonders Unklares sagen muß, damit alles einen Schein Gelehrsamkeit bekommt. Je weniger die Menschen eine Sache begreifen, desto größer ist ihre Bewunderung. Und wenn sie dem Herrgott einmal auf seine Ratschlüsse kommen sollten, nachher ist es aus mit seiner Herrlichkeit und ihrem Menschenglück. Gut ist's schon, daß seine Ratschlüsse unerforschlich sind und daß sich ein jeder Mensch ein anderes Bild von ihm macht.

Wir zwei, die Ungarische und ich, haben von ihm eins gemeinsam, unser Gott ist ein junger, ein ritterlicher auf stolzem Roß. Das macht ihn uns vertraut und stellt ihn uns auf

du und du. Und deshalb reiten wir halt mit einem heiligen Ernst, der aus seiner Schwere gelöst ist durch die innere Fröhlichkeit, die allemal in der Kunst steckt.
Einmal hat uns unser Pfarrer in Salzburg, wo in der Felsenreitschule ein Fest gewesen ist, einen Pas de deux reiten sehen. Gesagt hat er nachher, daß wir ganz andächtig dreingeschaut hätten, ein wenig traurig hat er das gesagt, und ein stilles Bedauern ist in ihm darüber gewesen, daß wir in seiner Kirche nicht solche Gesichter haben, wenn er Gottes Wort auslegt. Wahrscheinlich schauen wir da immer drein wie die Kinder in der Schule, die dem Lehrer nicht folgen können und bei sich duldsam meinen: Red du nur, wir wissen's eh besser, was uns frommt!
Den ganzen Tag über, der auf die eidbrüchige und frisch beschworene Nacht gefolgt ist, hat zwischen uns eine Stimmung geherrscht, von der die Ungarische immer mit liebenswürdigem Spott sagt, daß sie gehoben sei. Die ist uns auch nicht gestört worden, als wir den frischen Mist vom Majestätischen begutachteten und einmütig feststellten, daß er uns ganz und gar nicht gefallen wird. Irgendein stark abführendes Kraut muß ihm da beim Weiden hinterm Haus zwischen die Zähne geraten sein, und die Ungarische hat sich gleich aufgemacht und nachgeforscht, weil sie sich auf Pferdefutter versteht. Aber sie hat nichts gefunden, weil der Majestätische es halt schon abgeweidet hatte.
Um die Mittagszeit freilich, wo Tiroler Knödel auf dem Speisezettel gestanden sind, hat mir die Ungarische dann die Stallschaufel voll normaler Roßäpfel durchs Fenster gesteckt und gejubelt, daß der Majestätische nun wieder rich-

tiger beieinander ist. Freilich, die Tiroler Knödel sind dabei ein wenig pappig geraten, weil sie ohne Aufsicht geblieben sind, aber dafür haben wir eben gesunde Roßäpfel gehabt, umgekehrt wär's nicht gut gewesen.

So hochgestimmt ist die Ungarische gewesen, daß sie gemeint hat, irgend was Gutes tun zu sollen. Also hab' ich mich schlafen legen müssen, und sie ist ins Pfarrhaus gegangen auf die überfällige Schachpartie. Wie es fünf geschlagen hat, ist sie noch nicht zurück gewesen, aber ums Sechseläuten kommt sie glückstrahlend an und sagt, daß der Pfarrer alle vier Partien gewonnen hat. Eine rechte Mühe hat sie gehabt, damit er viermal Sieger bleibt, weil er sie immer aus Anstand hat gewinnen lassen wollen. Jeden Zug hat er gründlich bedacht, wie er ihn am besten tun kann, damit er ihm zum Unheil ausgeht. Freilich, unterhaltsam ist so eine Schachpartie mit dem Pfarrer nicht, weil die Ungarische dabei nicht fluchen darf, was sie gern tut, wenn wir zusammen spielen.

Uns ist am Schach die Hauptsache, daß den Rösseln nichts geschieht, und wer sie beide am End' durch alle Fährnisse heil durchgebracht hat, ist Sieger. Wir schlagen uns gegenseitig die Könige weg, das ist zwar ein Frevel wider die Regel, und der Lois sagt, wir hätten das Schach total verhunzt mit unserer Roßnarretei, aber wir haben eine Freud' dran, und es geht keinen was an.

Aufs Nachtmahl ist nun wieder das Erzählen an der Reih' gewesen, aber keiner von uns hat es eilig damit gehabt, weil nämlich nun eine sehr traurige Stelle bevorgestanden ist.

»Was is?« frag' ich schließlich. »Erzähl'n ma oder erzähl'n ma net?«
»Was maanst?« fragt die Ungarische zurück.
»Weißt,« sag' ich, »i fang' halt amal an, und wenn nachher das Hindernis kimmt, mach' ma halt an Gedankensprung!«
Weil die Ungarische nichts drauf erwidert, erzähl' ich halt los:
»Ja, auf den Vormittag in der Piberer Reitbahn gehen wir wie immer auf die Weide zum kleinen Majestätischen, der schon am Drahtzaun steht und wiehert, als er uns kommen sieht. Mutter Austria wiehert auch, aber tief und dunkel klingt's, als ob sie die Anhänglichkeit ihres Sohnes an die zwei Menschen aus ganzem Herzen mißbilligt. Und wie wir unterm Draht durchgekrochen sind, kommt sie doch auf uns zu mit angelegten Ohren. Den Majestätischen drängt sie ab, daß er ein paar Sprünge tut, darauf stehenbleibt und seine kurze Stehmähne schüttelt, weil er nicht begreift, daß seine Mutter uns für böse Wesen hält.
Wachsam steht die Austria da, hin und her stellt sie die Ohren. Wir gehen langsam auf sie zu.
›Brav, Austria, brav!‹ sagst du mit deiner guten Stimme, und die Spannung läßt ganz langsam nach bei der Stute. Allmählich lösen sich die ruckenden Bewegungen ihrer Ohren in ein lockeres Spiel, und als wir heran sind und sich ihr zwei Hände entgegenstrecken, die so gut und vertraut nach Pferd riechen, da bleiben mit einemmal die Ohren vorn stehen, die Nüstern beben, und mit den Vorderbeinen tut die Austria einen Schritt vorwärts, während sie die Hinterbeine stehen

läßt und sich lang dehnt. Und dann haben wir sie beide zugleich beim Hals.
An deiner Schulter reibt sich die Austria die Nase, und meine Hand duldet sie zwischen ihren Ohren, den Kopf senkt sie noch tiefer, und die weggedrückten Hinterbeine holt sie nun auch heran. Wir haben unseren Frieden mit der Stute gemacht, und nun trabt auch der Majestätische auf steifen Beinen heran. Er sucht das Euter und saugt. Seine Entscheidung ist gefällt, er gehört zur Mutter. Unsere Liebkosungen sind wohl unterhaltsam, aber nicht nahrhaft. Und doch sind seine Saugfohlenwochen an den Fingern der Hand abzuzählen, er soll sogar früher abgespänt werden als die anderen kleinen Burschen, weil er der Mutter zuviel Kraft nimmt in seinem rücksichtslosen Kinderdrang zum Leben und zum Wachsen. Er zehrt sie aus, die junge Stute, ihr Erstgeborener, sie muß ja selber erst hineinwachsen in die Schwere ihrer Mutterpflichten, in denen nun ein Fohlen das andere ablösen wird.
›Bleibst noch hier?‹ sagst du. ›I möcht' hinaufgehn!‹
Einen Tag früher noch hätte ich dich gehen lassen und wäre froh gewesen, daß ich dich loskriege vom Majestätischen. Aber zwischen uns ist es anders geworden, und ich gehe mit dir hinauf.
›Is dir net gut?‹ frag' ich.
›Aber wo!‹ sagst du, und gerad' sicher klingt's nicht.
›Ja, was hast denn?‹
›Nix, Heiliger Georg! Allein möcht' i gern sein, oben im Zimmer. I komm' schon bald wieder!‹
Kaum haben wir zueinander gefunden, schon will sie wieder

weg, denk' ich betrübt und schweig.
›Hitzo maanst, ich wär' launisch, ja?‹ fragst du.
Ich schüttle den Kopf wie einer, der mit seiner Rätselkunst zu Ende ist und nicht mal mehr etwas zu fragen weiß.
Und im Hausflur des Gasthofs sagst zu mir:
›Gib mir an Kuß, Heiliger Georg! Und dann gehst und schaust, ob die zwaa letzten Fohlen schon zur Welt komm'n san...‹
Ich vergess' ganz auf den Kuß und frag':
›Ja, Marika, was ist...‹
›Nix is! Einfältig bist schon, daß ma a Freud' an dir haben kann! Drah di un geh schon! Wart' auf mich, i maan, i komm' schon sehr bald!‹
Da versteh' ich überhaupt nichts mehr und tu dir den Gefallen und geh den Weg am Gasthof entlang hinüber zu den Ställen. Und ich sinnier' hin und her, was ich da wohl angerichtet haben mag, und ich komm' nicht drauf. Erst recht gerat' ich durcheinander, als du nach einer Ewigkeit von über einer halben Stund' wiederkommst und mit mir deinen Spott treibst, weil ich den ersten Kuß aus lauter Blödheit verpaßt hab'. Lustig und fidel bist du gewesen, als ob du mich nie davongeschickt hättest. Aber recht in Schwung bin ich nicht gekommen, weil ich immer geglaubt hab', daß es nicht mit rechten Dingen zugehn kann, wann eine Frau umschlägt wie 's Wetter im Gebirg.«
»Dabei hast mir damals gut g'fall'n, wie du gar so ernst gewesen bist und g'maant hast, daß was verdorben gewesen is zwischen uns zwaa!« sagt jetzt die Ungarische dazwischen.
»Soll i nun aufhör'n?« frag' ich.

»Aber naa, Unheiliger Georg! Hitzo bin i schon g'spannt, wie's weitergeht!«
Ich hol' also tief Atem und sag':
»Der ganze Tag ist mir total verpatzt g'wesen, und als du am Abend keinen Wein hast mögen, da hab' i mir denkt, daß es zu End' ist, eh's ang'fangt hat mit uns zwei.
Bald drauf hast auch hinaufgehn wollen, und ich hab' gefragt, wo ich denn nun zu Nacht bleiben soll. Da hast du meine linke Hand beim Gelenk genommen und gesagt:
›Da, schau, Heiliger Georg! Wann der große Zeiger am Zehner is, nachher kommst aa hinauf!‹
Kein Reiterehrenwort hast du mir abverlangt, einfach hinauf hab' ich kommen sollen. Wurscht bist ihr halt, hab' ich gemeint, wie du gegangen bist. Und hocken bin ich unten geblieben, bis der Zeiger schon weit über Zwölf hinausgewesen ist.
Nachher bin ich doch hinaufgestiegen. Ganz leise bin ich gewesen in der dunklen Kammer und hab' mich zur Nacht umgezogen. Wie ich mich niedergelegt habe, hat das Bett gekracht, daß ich erschrocken bin. Und dann ist eine Weile Stille gewesen.
›Sagst mir net gute Nacht, Heiliger Georg?‹ fragst du ein wenig kläglich.
›Gut' Nacht!‹ sag' ich und hänge einen Seufzer dran.
›Kommst net her zu mir?‹ fragst du weiter, ›Auf an Kuß?‹
Da steh' ich auf, weil es mir schon egal ist, was nun alles noch Unfaßbares geschehen wird. Das Bett knarrt und stöhnt wie erleichtert auf, gleichsam froh drüber, daß es meine Last los

ist. Ich taste mich zu dir hinüber, weil es stockdunkel ist mit den Läden vor den Fenstern. Mit den nackten Zehen renn' ich an ein Möbel. Ich fühle mit der Hand und bin an deinem Bett.

›Setz dich daher!‹ sagst du. ›Hast dir weh 'tan?‹

Ganz zur äußersten Bettkante taste ich mich und hocke mich hin.

›Gib mir deine Hände, Heiliger Georg!‹ sagst du, und da hast du sie dir schon genommen.

›Sei mir net bös, du!‹ sagst nachher.

›I bin dir net bös, Marika!‹ antwort' ich, und meine Stimme ist so heiser gewesen, daß die Worte fast weh getan haben.

›Sag, Heiliger Georg, hältst mich am End' für a Wunderwesen? I bin aa bloß a Frau!‹

›Ja, Ja!‹ sag' ich, weil ich nichts Gescheiteres drauf weiß.

›Na, sixt es! Wirst mir nun Wort für Wort glauben, was i dir sag?‹

›I möcht schon, Marika!‹

›Komm her zu mir, daß i net so schrei'n muß, Heiliger Georg! Schau, i mag dich sehr gern und i möcht schon ... verstehst net?‹

›I mag di aa sehr gern, Marika, aber i versteh' nix!‹ sag' ich und weiß nimmer, woran ich nun bin. ›Was willst denn sagen?‹

›Daß i mich g'freut hab' heut' auf dich! Und daß i froh bin, daß du hier bist, und i hab' halt viel froher sein mög'n, aber nix is!‹

›Ja, is denn was g'schehn, Marika?‹ frag' ich mit einer großen Angst.

›Ja, Heiliger Georg, was g'schehn is halt – zur Unzeit!«
Da hab' ich verstanden und gefühlt, wie ich rot geworden bin.
›Marika, sei ihm net bös, dem depperten Heiligen Georg!‹
›Grad gern hab' i dich drum!‹ sagst du. ›Gib mir an Kuß und bleib hier, bis i einschlaf'!‹
Da hast von mir den ersten Kuß bekommen, Ungarische, und wie ich dir noch einen Schlaf auf beide Augen küsse, da hat eine kleine, verlorene Träne im linken gestanden.«
»So genau weißt das noch?« fragt nun die Ungarische ganz glücklich.
»Ja«, sag' ich, »und heut' weiß ich noch mehr! So durcheinand' bist 'kommen vor lauter Liab, daß es sogar a Unordnung 'geb'n hat im Kalendarium ...«
»Du«, hat da die Ungarische, zwischen Strenge und Nachsicht mit meiner verspäteten Erkenntnis schwankend, gesagt, »hitzo ist aber höchste Zeit, daß ma für heut' a End' machen mit'm Erzähl'n!«
»Recht hast, Ungarische! Ganz hin bin i, so traurig is's g'wesen!«
»Hin bin i aa, von deiner Findigkeit, wie du mit an einzigen Wort einem so alles deutlich machen kannst, daß a jeder Irrtum ausg'schlossn is!«
»Fang net an Streit mit mir an auf die Nacht, Ungarische!«
»Möcht mir grad einfall'n! Wo du so a Wortgewandter bist!« sagt die Ungarische kopfschüttelnd.
Und mir dämmert ganz leise eine Ahnung, daß mir die ganze schöne, tieftraurige Erzählung vom Walten des Schicksals am End' doch etwas schief ausgegangen ist. Wie ich ihr das

gesteh', der Ungarischen, meint sie ganz abendfriedlich, daß es halt doch immer nur die besten Menschen sind, die ihre Fehler so rasch einsehen.

Am Morgen ist der Lois gekommen und hat gesagt, daß er jetzt den Heiligen Georg anfangen möchte. Ein lebensgroßes Standbild aus Holz soll es werden, und aus einer Menge von Teilen wird er es zusammensetzen.
»Na, und?« frag' ich ihn. »Fangst halt an, daß die Spän' umanand' fliegen! Beim Heiligen Georg brauchst's net so genau nehmen, wann der an kurzen Arm hat, nachher merkt's eh kaaner, aber aufs Roß mußt achten. Wann's da wo fehlt, nachher dulden 's den neuen Heiligen Georg net in der Kirchen, die Bauern, die sich auf die Rösser besser verstehn als auf die Frömmigkeit!«
»Zwegen dem hätt' i gern nach Modell g'arbeitet«, meint der Lois und dann rückt er heraus. Er will zum Roß vom Heiligen Georg den Majestätischen nehmen, das Roß vom Unheiligen Georg. Ja, und wann ich könnt', nachher möchte ich mich doch draufsetzen auf den Hengst, damit er eine Levade macht.
»Ja, dann willst sogar noch den Unheiligen Georg als Modell für den Heiligen Georg nehmen?« fragt die Ungarische. »Wann dös gut geht, nachher muß der Herrgott wahrhaftig a Engelsgeduld haben, daß er sich an solchen Spaß g'fall'n laßt!«
Aber der Lois hat noch was auf dem Herzen. Er meint, daß der Sankt Georg doch nicht bloß mit dem Drachen gekämpft, sondern auch die Witwen und Waisen beschützt hat, und – laßt's mich kurz machen – es ist dahinaus'gangen, daß sein Heiliger Georg mit dem linken Arm und der Lanze

den Drachen spießt, während er mit dem anderen eine junge Frau im Sattel vor sich hält. Von ihm aus mag die junge Frau eine Witwe sein oder eine Waise, ihm kommt's bloß drauf an, daß er die Ungarische auch mit aufs Standbild kriegt. Und er garantiert, daß wir uns genau ähnlich werden. Fein hat er sich das wieder ausgedacht, der Lois! Wann er schon ein gutes Werk ganz umsonst tun soll, nachher will er's halt auch nach seinem Kopf machen, und wenn im Lois sei'm Schädel eben bloß ausgefallene Ideen stecken, nachher kann er nichts dafür, er ist halt ein Künstler und hat ein größeres Recht darauf, narrisch zu sein, als andere Leut.

»Moanst am End, daß i in a solchene Konservenbüchsenrüstung kriech'?« frag' ich ihn schließlich.

»Sollst's eh net, i will ja bloß die Haltung vom Roß und vom Reiter studiern!«

»Und dann macht der Majestätische net Haserl, wann i mit der Ungarischen z'samm draufsitz', a solcher Athlet is der net. Da mußt dir halt an Pinzgauer nehmen, a so a Mordstrumm von Roß!«

»Ah, i moan, des Fliegeng'wicht von der Gräflichen wird er allemal mittragen können!« widerspricht der Lois, und die Ungarische meint, daß er recht haben dürfte.

»Ja, bittschön, aber er kann sich do net stundenlang da hinhocken auf die Hinterbein', bis der Lois sei' Holzklötz' z'sammg'haut hat!«

»Soll er ja net, ich mach' halt bloß a paar Aufnahmen, und darnach richt i mich nachher beim Ausschnitz'n!« sagt der Lois.

»Nachher hängst glei' die Fotografie, wannst's recht groß

machst, in der Kirchen an die Wand, schon hast Arbeit g'spart, und dös schöne Holz kannst im Winter besser im Ofen brauchen!« sag' ich, weil ich noch immer nicht davon begeistert bin, daß sich der Majestätische mit zwei Leuten im Sattel herumschinden soll, bloß damit er als ein heiliges Roß in die Kirchen kommt. Was hat der schon davon? In den Pferdehimmel kommt er eh, weil er nie im Leben gemordet, gestohlen, gelogen, betrogen und sonst welche menschlichen Untaten begangen hat. Grad daß er das Alpinum ab'grast hat, aber das war Mundraub. Und mich hat er einmal 'runterg'haut, daß die Ungarische g'maant hat, i wär hin. Aber sonst nix! Also soll ihn der Lois auslassen und mich obendrein. Ein Witz wär's pfeilgrad, wann ich mit mei'm Spitznamen als Heiliger Georg Drachen töten und Witwen und Waisen hüten sollt'! Aber die Ungarische ist dafür gewesen, daß sie bei Lebzeiten etwas tut für ihr Seelenheil.

»Na, schön, nachher mach's selber, Ungarische!« sag' ich. »Stehst eben allein als a separate Heilige, aber mir zwaa, der Majestätische und i, mir verbitten uns solchene G'schichten, daß wir am End' noch Scherereien kriegen mit der bischöflichen Verwaltung in Salzburg. I mag kaa Behörden net, ob's irdisch san oder himmlisch, immer wannst zwischen die g'ratst, nachher zahlst drauf!«

Die Ungarische erklärt mich schließlich für einen Deppen und meint, daß sie mich damit überzeugt hätte. Aber da wär ja noch der Knöchel. Was ich für ein Glück hab', daß mir was bei ihm passiert ist!

Ich weis' also drauf hin, daß ich ein armer Krüppel bin und

nicht aufs Pferd steigen kann, aber die Ungarische meint, das soll der Arzt entscheiden, ob ich zum Drachenkampf tauglich bin oder nicht. Und wir würden also nach Salzburg hinunterfahren, damit der Arzt den Gipsverband abnimmt und schaut, was geworden ist.

Jetzt braucht sie bloß noch von der Kapriole anzufangen, die ich als mißglückte Heldentat damals lügnerischerweise telegraphiert hab', nachher bin ich überhaupt aufgeschmissen, denn der Majestätische hat nie im Leben eine Kapriole springen können.

Wie der Lois die Ungarische so hat über mich bestimmen hören, ist er befriedigt gegangen wie einer, der weiß, daß seine Sache im besten Fluß ist. Und ich hab' einen Zorn gehabt drüber, daß er denkt, ich bin der Ungarischen ihr Siemandl. Gesagt hab' ich ihr das auch, und gleich hat sie gemeint, daß es eben nach meinem Sinn gehen und aus dem schönen Standbild nichts werden soll. Ein Siemandl, einen Pantoffelhelden, den möchte sie nicht. Aber zu ihren aufopferungsvollen Worten hat sie ein Gesicht gemacht wie ein Kind, dem die Schokolad' in den Dreck gefallen ist. Das hat mir nachher so leid getan, daß ich ja und amen zu allem gesagt hab'.

»Gut«, hat sie erwidert, »wird er halt gemacht, der Bildstock, aber nur, weil du's ausdrücklich auf eignen Willen bestimmst!«

Und damit ist der Fall klar gewesen. Ich hab' also wider meinen Willen mit allem Nachdruck gefordert, daß der Bildstock geschnitzt werden soll. Wenn das kein Unsinn ist, nachher bin ich der Heilige Georg in eigener Person.

Am Nachmittag sind wir nach Salzburg gefahren zum Doktor. Die Ungarische hat ihm gleich gesagt, daß sie mich gehegt hat wie ein krankes Roß und immer drauf gespannt, daß ich die Haxn nicht rühr'.
Der Doktor hat nachher aus Galanterie überhaupt nichts anderes sagen können, als daß er über die Maßen zufrieden ist mit meinem Knöchel und daß kein Gipsverband mehr not tut, sondern bloß eine elastische Binde. Doch schonen soll ich die Haxn noch, weil sie mein Gewicht noch nicht aushält und schwach ist. Bewegen soll ich das Gelenk aber fleißig, damit es nicht steif wird.
»Darf er denn reiten?« hat die Ungarische gefragt. Und der Doktor hat gleich, als ob er bloß auf das Stichwort gewartet hätte, ausgerufen:
»Reiten ist ausgezeichnet! Die Bewegungen des Knöchels im Steigbügel sind ganz genau das Richtige!«
Also, vergiften hätt' ich ihn mögen, den Medizinmann, den heimtückischen, der der Ungarischen nach dem Mund geredet hat, als ob er bestochen gewesen wär!
»Hast denn gar kaa Freid', daß du nun wieder reiten darfst?« fragt mich die Ungarische auf der Heimfahrt.
»Reiten tu' i schon gern, aber an Affen machen für a solches Bildwerk, wo man net hinpaßt, das is mir z'wider!«
»Hast dir's ja selber ein'brockt, mußt's nun schon auslöffeln!« sagt die Ungarische ganz ernst, als ob ich dem Lois schon eine feste Zusicherung gegeben hätte.
»Aber die Kapriol', gelt, die der Majestätische jetzt versucht, die zeigst mir, Unheiliger Georg?« fragt sie nach einer Weile.

Da ist es also heraus, was ich befürchtet hab'. Ein Gedächtnis hat die Ungarische wie ein Pferd!
»Na, laß ma halt noch Zeit, damit i net glei' wieder herunterflieg' und mir die Haxn no' amal brech' –!«
»G'wiß, g'wiß, Unheiliger Georg! Kurier dich nur erst aus!« sagt sie, aber es klingt, als ob sie meint, daß der Majestätische und ich keine Kapriolen zusammenbringen, und wenn wir bis zum Jüngsten Tag herumprobieren. Recht hätt' sie, wenn sie so denken tät, was ich allerdings mit Sicherheit befürcht'. Der Majestätische ist nicht geschaffen für die Kapriole, er hat's zur Meisterschaft in der Levade gebracht, und dann kriegen wir auch zwei, drei Courbetten zusammen, wo er auf den Hinterbeinen vorspringt, ohne die Vorderbeine aufzusetzen. »Wie a Känguruh hupft er!« sagte der Pfarrer, wie er mal zugeschaut hat, aber der versteht halt nix von der Hohen Schul', der soll beim Brevier bleiben.
Wie wir daheim angekommen sind, bin ich selber aus dem Enzian herausgehumpelt, und der Knöchel ist mächtig schwach gewesen. Aber g'zwickt hat's mich doch, daß ich das Reiten einmal versuche. Weil ich noch keinen Stiefel über den Verband ziehen kann, werd' ich eben reiten, grad wie ich bin, in den kurzen Hirschledernen und in den Strümpfen.
So rasch ist wohl noch kein Roß gesattelt worden, wie es die Ungarische jetzt fertigbringt. Der Majestätische wiehert, als er mich im Sattel hat. Im Bügel schmerzt der Knöchel, also schlage ich die Bügel über und reite ohne sie, wie's halt die Kunst will. Oh, ja! Wir können's noch gut, der Majestätische und ich! Eine Levade setzen wir hin auf den Reitplatz,

wie wir zwei sie eben nur fertigkriegen. Mir ist, als ob für mich das Leben erst richtig wieder anfängt, und weil man in solchem Hochgefühl leicht übermütig wird, versuche ich doch, den Majestätischen zu einem Sprung zu bewegen aus der Piaffe. Wie ich ihn mit der Gerte hinten antippe, nachher haut er wohl auch aus, aber die Vorderbeine bleiben ihm am Boden, als ob die Hufe aus Blei wären. Eine rechte Stehkapriole ist es geworden, von der sie in der französischen Reitschule von Saumur sagen, daß es eine Kunst wäre.
»Nix is's!« sag' ich zur Ungarischen auf den mißglückten Sprung hin. »I hab' no kaa Schneid'!«
Dabei denk' ich, daß es eine Viecherei ist von mir, den Majestätischen zu einer Kapriole zu zwingen, wo er sie nie gekonnt und nie eine Neigung dazu gezeigt hat. Gradso wär's, tät einer von mir verlangen, daß ich Chinesisch reden soll, das könnt' ich auch nicht. Aber weil ich einen Schwindel gemacht hab', muß er ihn eben mit ausbaden, so was ist halt mit drin in einer faustdicken Freundschaft. Auf den Abend ist nachher das Erzählen wieder angegangen von der Jugendzeit des Majestätischen und der Zeit, wo wir eine jugendliche Unerfahrenheit in unserer eigenen Liebe gezeigt haben, daß man heut drüber nur den Kopf schütteln kann.
»Ja, Ungarische«, hebe ich an, »über die Tragik samma no net hinaus, jetzt fangt's erst richtig an!«
»I weiß schon, nix is uns erspart bliem, aber fang schon an! A so trauriges Kapitel mußt halt rasch erzähl'n!«
»In Gottes Namen denn!« setz' ich wieder an. »Drei Tag' drauf, wo ich an deinem Bett hab' sitzen dürfen, ist mir ein Reif gefallen in die Frühlingsnacht meiner jungen Lieb', die

gewesen ist wie a Bleamerl auf der Alm, so unberührt...«

»Daß jemand an Kitsch schreibt, Unheiliger Georg, das kannst jeden Tag lesen, aber wann du so g'schraubt daherredest, daß es einen graust, nachher muß i dir schon sagen, das g'fallt mir net!« unterbricht sie mich wieder.

»Himmiherrgottsakra, jetzt sag' i aber alles heraus, wie i's innen drin hab', und pfeif' auf die poetische Ausdrucksweis'!«

»Na, red schon! Schlimmer kann's ja nimmer wer'n!«

»Also unsere Lieb' is platonisch, wie ma halt so sagt, gewesen«, erzähl' ich jetzt draufzu, »gezwungenermaßen, net weil wir Engelsseelen gehabt hätten. Und nachher ist vollends das Unglück angebrochen. Mir ist das Geld ausgegangen. A armes Luder bin ich schon gewesen, vom Reiten hat damals keiner gut leben können. Miserabel is' mir 'gangen im schönen Wien, und in der Spanischen Reitschul' haben s' den Trost für das magere Leben in der Reitkunst suchen müssen.

Drei Tag' hab' ich bei der Reserl schon gepumpt gehabt im Gasthof, aber dir hab' i net sagen mögen, daß i nix hab' und nix kann als a Roß reiten.

Da ist schließlich ein Brief gekommen aus Wien vom Leopold, der hat mir geschrieben, daß ich gleich zwei Pferde übernehmen soll, ein jedes für hundert Schilling im Monat. Wann der Mensch kein Geld hat, nachher können s' alles mit ihm machen, da nimmt man sogar einen Dienst an, der einem zuwider ist. Ich hab' das gekannt, Pferde zureiten für Leute, die im Prater umherhupfen, sich das Fett vom Leibe schwitzen oder sich den Leuten zeigen wollen.

Ja, und dann bin ich langsam damit herausgerückt, daß ich halt doch abreisen muß. Du bist traurig gewesen und hast wohl gemeint, daß mir da eine Frau geschrieben hat aus Wien, weil der Leopold eine Schrift hat, die so zierlich ist, daß man sie leicht für weiblich anschaut. Und weil doch so etwas gar nicht hat erst aufkommen dürfen, hab' ich dir alles gesagt. Daß man doch etwas verdienen muß, weil miserable Zeiten sind und der Reitergeist recht dünn geworden ist. Und daß ich gleich hinfahren muß nach Wien, damit mir nicht ein anderer die Pferde wegnimmt. Eingesehen hast das schon, aber gemeint, ich soll doch nur noch ein oder zwei Tage bleiben.
Drückende Schulden hätt' ich, hab' ich dir entgegengehalten, aber du hast gemeint, das tät dich schon lang nimmer stören, du hättest selber Schulden wie ein Stabsoffizier in Friedenszeiten. Doch es ist ein Unterschied, ob eine Gräfin zehntausend Pengö Schulden auf dem Gut hat oder ein armer Teufel von verabschiedetem Leutnant zehn Schilling Schulden im Gasthof, und so bin ich fest geblieben und hab' dich gebeten, daß du mitkommen sollst nach Wien oder mir in ein paar Tagen nachfahren. Aber du hast nicht gemocht, und als ich gesagt hab', daß du es mir zulieb tun sollst, hast du geantwortet, daß du es gerade mir zulieb nicht tun willst. Offen gestanden, Ungarische, begriffen hab' ich dich nie, und auch heut seh' ich noch net ein, daß du uns damals so arg weh 'tan hast, bloß um die Lieb' zu retten.«
»I will dir's sagen, Unheiliger Georg«, spricht die Ungarische und nimmt meine Hände. »Oft hast geglaubt, du verstehst mich, und hast doch danebengefühlt. I bin dir nie bös

drum gewesen, nie, auch wann's net leicht gewesen ist. Schau, damals is es arg rasch 'gangen mit uns. Du bist net der erste Mann gewesen, den ich gern gemocht hab', und i war aa net dei' erste. Wie ein Spiel is alles an'gangen, aber ein Duft is herumgewesen, der von den Weiden her bis oben herauf ins Gastzimmer 'drungen ist. Der guten Erde sind wir so nah gewesen und uns selber einander in der Freud' am kleinen Majestätischen, der uns in seinem struppigen Fohlenhaar die Händ' hat z'sammenfinden lassen. Und so natürlich ist mir der Wille gewesen, daß i dir hab' gehören wollen. Am Morgen wären wir nebeneinander erwacht in der engen Bettstatt, die so 'knarrt hat, der Hahn vom Gasthof hätt' unten den Morgen ausgerufen, und i wär in deinem Arm gelegen und hätt' zuerst erstaunt g'schaut, was i halt da für einen Mann lieb hab', dem über Nacht ein Stoppelbart gewachsen ist, daß i ihn nimmer auf den ersten Blick wiedererkenn'. Sixt es, Unheiliger Georg, so hätt' der Morgen nach unserer ersten Nacht sein mögen im kleinen Gastzimmer! Dann hätten wir gehört, wie die Pferde auf die Weide 'gangen wären, und da hätt's uns nimmer lang gehalten. Hinaus auf die Weiden wär'n wir 'gangen zu den Pferden, zum kleinen Majestätischen, damit wir ihm ein großes Glück danken. Und wie wär's nachher in Wien gewesen? Der Portier vom Hotel gibt den Herrschaften natürlich ein Zimmer mit einem Doppelbett, und mein Heiliger Georg schreibt auf die Anmeldung, daß er angekommen ist mit Gattin. Und betont harmlos stellt er sich an, daß der Portier gleich weiß, wohinaus es mit uns geht. Und am Morgen wären wir vom Straßenlärm erwacht – schau, das hab' i net mögen! Weißt's ja eh, wie's nachher doch geworden is, net in Wien, aber in Budapest. I hab' net mög'n, daß du damals in mein Zimmer kommen bist, aber die Zigeunermusik hat mir noch im Blut 'klungen, un i hab' g'maant, daß i dir weh tu, wann i dich stehn lass' vor der zug'sperrten Tür, und nachher bist vor lauter Vorsicht so dumm gewesen, Unheiliger Georg, daß i nimmer gemeint hab', i könnt' dich liebbehalten. Aber am nächsten Tag schon sind wir in der Pußta gewesen bei den Pferden, und in der Nacht, da ist's mir bewußt geworden, daß i den Unheiligen Georg liebbehalten muß das Leben lang. In die Sterne hab' i schauen können und gesehen, wie weit die Ewigkeit ist, und gefühlt hab' i dich, daß Zeit und Ewigkeit eins geworden sind. Sixt es, Unheiliger Georg, wann wir einander ganz nah waren, nachher sind wir auch eins gewesen im Fühlen, und i dank dir schön, daß es so 'blieb'n is!«

Ich schweig, und nach einer Weile sagt sie:

»Um drei Jahr' hab' i uns 'bracht, weil i damals net mit dir komm'n bin nach Wien. Aber i hab' sie halt treulich abbüßen müssen, die drei Jahr', die voll Sehnsucht gewesen sind nach dir, weil i kaan Menschen g'funden hab', der so gewesen is wie du, Unheiliger Georg, so unvollkommen, aber auch so gut und so eigensüchtig, wie's nur ein Mann sein kann, der liebt. Aber nun erzähl du weiter!«

»Ja, der Abschied is net guat gewesen, Ungarische! Weil du hast net weinen wollen, deshalb bist hart gewesen und kalt, daß i hab' denken müssen, es ist alles vorbei zwischen uns zwei. Ob wir uns wiedersehen werden in Wien, in der Spanischen Reitschule? frag' ich dich. Vielleicht, sagst du, und ich hab' so große Angst, daß du nicht kommen wirst. Ich sag' noch, daß du nur beim Leopold nach mir zu fragen brauchst, und dann will ich dir meine Adresse aufschreiben, aber du sagst und schaust mich mit fremden Augen an: ›Wann i dich such', nachher find' i dich aa! Servus, Heiliger Georg! Glück im Sattel!‹

Und ich steh' und steh' vor dir am Gasthof mit dem Koffer in der Hand und will nicht daran glauben, daß es zu End' sein soll, weil doch nichts zwischen Menschen so jäh zerreißt, was sich zart angesponnen hat.

›Kommst net a Stückerl mit?‹ frag' ich zaghaft.

Du schüttelst den Kopf, weil dir die Tränen rinnen werden, sobald du nur noch ein Wort redest. Und da wend' ich mich, damit du nicht sehen sollst, daß ich nun selber das Elend krieg', das heulende. Und dann geh' ich, nicht einmal schau' ich mich um, bloß an der Weide, wo der Majestätische, getrennt von der Mutter, zwischen den anderen Fohlen steht, allein wie ich, da kriech' ich durch den Draht und lock' ihn her zu mir. Gleich kommt er und läßt sich um den Hals fassen.

›Sixt, Majestätischer‹, sag' ich leis zu ihm, ›nun müssen wir schauen, daß wir allein weiterkommen. Du hast kaa Mutter mehr, un i hab' die Frau verloren, die du so gern magst wie ich. Wann i dich mitnehmen könnt', es wär schon ein Trost, aber i bin halt a arm's Luada wie du und tät dir am End' nix nützen, weil i selber nix hab' für mich, geschweige denn, dir was in die Krippen zu schütten. Hättst ein schlechtes Leben bei mir, bleib halt, wo du bist! Wirst ein stolzer Bursch' werden, einer bei dem die Leut' den Atem anhalten, wenn du einmal in der Spanischen Reitschule deine Künste zeigen wirst, und dann wirst mir begegnen, vielleicht erkennst mich wieder, vielleicht net, laß gut sein, Majestätischer, mir kann nix mehr g'schehn! I hab' alles hinter mir und nix mehr vor mir. Wann sie vielleicht kommen sollt', die ungarische Gräfin, dann sei so gut und lustig zu ihr wie sonst, damit sie sieht, daß i ihr net bös bin. Nun geh, Majestätischer, Unglück ist ansteckend wie eine Krankheit, lauf, damit's dich net aa erwischt!‹

Da geb' ich ihm einen Schlag hinten drauf, daß er einen Sprung tut, weil es ihm so überraschend kommt, und krieche durch den Zaun zurück auf den Weg.

Zweimal ruft er mir nach, der Majestätische, und immer bleib' ich stehen und wink' ihm. Pferdewiehern auf den Weg als Gruß, soll das kein gutes Vorzeichen sein? frag' ich mich. Aber er wird mich schon morgen vergessen haben, wenn er mit seiner kleinen Freundin Deflorata spielt, mit der er übers Fellkraulen hinaus ist und nun mit ihr um die Wette galoppiert. Wie alle Fohlen wird er dann leidenschaftlich gern Baumrinde knabbern, und bald ist er auch dann mit den übrigen kleinen Hengsten, von den Stüteln getrennt, auf der Weide, die eine wunderbare Welt ist, in der es jeden Tag Neues zu erleben gibt, Schöneres und Besseres, als es dir ein Mensch zu geben vermag.

Ja, und dann in Wien! Nicht wiedererkannt hat mich der Leopold und gefragt, was mit mir ist, aber ich hab' geschwiegen. Bloß mei' Arbeit hab' i 'tan mit den zwei Pferden, die Leuten gehört haben, die vor wenigen Monaten noch nicht ans Reiten gedacht hatten, das ich ihnen hab' beibringen sollen. Mutter und Tochter sind's gewesen, der Herr Vater hat früher mit einem hungerdürren Gaul vorm Karren Kohle ausgefahren, und jetzt läßt er sich fahren im Automobil und will mit mir vertraut reden von den Pferden. Die Alte ist nicht besser als die Junge, die nicht einmal übel ausschaut und nicht schlecht lernt, aber eh' daß ich ihnen durch die Betten geh', geb' ich lieber die Pferde wieder ab, an einen, der es zwar mit den Pferden schlecht versteht, aber um so besser mit den Weibern.

Nichts hab' ich mir gegönnt in der Zeit; was ich hab' aufsparen können an Geld, ist zurückgelegt worden. Manchmal hat mich der Leopold mitgeschleppt zum Heurigen, und einmal hab' ich ihm dann gesprochen von der ungarischen Gräfin. Gekannt hat er den Namen gut und mir erzählt, daß sie den Vater von der Gräfin in der Anarchie erschossen haben, daß alles hin gewesen ist, und was die Tochter einzig von ihm geerbt hat, ist die Leidenschaft für die Pferde gewesen. Gut hat das getan, daß ich von dir sprechen durfte, Ungarische, und wie wir heimgegangen sind, hab' ich dem Leopold gesagt, daß ich mein erspartes Geld nehmen und wieder nach Piber fahren will, vielleicht, daß du doch dort bist, denn es ist wieder ein Mai gewesen, nur ein Jahr weiter, und ...«

»Hörst, Unheiliger Georg«, unterbricht mich da die Ungarische, »i bin ehrlich müd. Komm mit hinauf! I bin so froh, daß i bei dir bin. A großes Glück is es halt g'wesen, daß alles noch so gut 'gangen is mit uns drei. Heut' möcht i gern so ganz sicher fühlen, daß i dich hab', du! Laß mich neben dir einschlafen und leg den Arm um mich, damit i's warm hab'!«

Der Pfarrer hat doch richtig auch das Buch hereingegeben, wo es drin steht, daß der Mohammed wohl gut von den Pferden im Koran geschrieben, aber sich ungern auf sie hinauf'traut und also wirklich Esel und Kamel dem Roß vorgezogen hat. Gleich mit dem Daumen drin an der Stelle hat der Pfarrer mir das Buch gegeben, aber ich hab' es zuerst zur Seite gelegt, weil ich nicht grad die Blamage mit dem Propheten in Gegenwart des Pfarrers lesen wollt'.
Nachher, wie er gegangen ist, hab' ich in dem Buch herumgeblättert, es ist eine alte Schwarte gewesen und hat bloß von Pferden gehandelt, ein Buch, wie man es leicht keinem Pfarrer außer dem unsrigen zutraut. Sehr gut ist es gewesen sogar, und mancher Kernspruch ist drinnen gestanden. Ich les' da:

Wer nicht Lust hat an einem blanken Schwert
Und nicht Lust hat an einem stolzen Pferd
Und nicht Lust hat an einem schmucken Weib,
Der hat kein Herz in seinem Leib.

»Du, Ungarische!« ruf' ich. »Schau her! Da is a Spruch fürs Haustürl!«
Sie geht gleich her und liest, und der Spruch gefällt ihr über die Maßen gut. Und hinterher steht noch einer, der geht so:

Das Paradies der Erde
Liegt auf dem Rücken der Pferde,

In der Gesundheit des Leibes
Und am Herzen des Weibes!

Der tät auch passen, meint die Ungarische, aber weil wir doch bloß eine Haustür haben, mein' ich halt, daß der Majestätische über seine Stalltür auch ein Sprüchl haben muß, eins von den beiden. Und der Lois soll sie fein bunt auf ein gutes Holz malen mit Farben, die ein Wetter aushalten! Das muß er tun als Gegendienst fürs Modellstehen zum Heiligen Georg.
Ich pfeif' also auf zwei Fingern zum Fenster hinaus, und es wird im ganzen Dorf laut, daß der Lois und der Unheilige Georg wieder amal die Köpf' zusammenstecken und was aushecken wollen. Der Lois, der einen guten Grund hat, mir zu Dienst zu sein, kommt auch gleich herüber, und ich leg' ihm meine Wünsche offen auseinander.
Die Ungarische wirtschaftet in der Küche, und so kann ich dem Lois gleich noch einen geheimen Wunsch zuflüstern. »Da lies den!« sag' ich, »den malst mir für die Wohnstuben!« Der Lois liest grinsend:

Von dreien Ding' gibt's Stöß auf Erden:
Von Weibern, Wein und jungen Pferden.

Und dann geraten wir vollends in die gepfefferten Sprüch: Vor drei Dingen hüte dich: vor dem Vorderteil eines Weibes, vor dem Hinterteil eines Pferdes und vor einem Schmeichler von allen Seiten!
»Du, das wär a Sprüchl für den Schwaigerbauern!« sagt der Lois. »Dem hat sei Alte den Buckel vollg'haut, weil er all-

weil hinter der Magd her is. Sei' norische Stuten, die falsch auf ihn g'wesen ist, hat ihm beim Schmied aane 'pickt, daß ihm die Nasen rückwärtig beim Schädel 'raus'gschaut hat, und nachher is er auf den Schwindel mit der Mineralwasserquellen 'reing'fall'n und hat an die tausend Schilling verloren, weil sie ihm g'sagt haben, daß er dann Generaldirektor wird, wann's Kurbad eing'richt' is! Also, du, das Sprüchl schreib' i auf, un nachher mach' ma's ihm in der Nacht am Häusl an.«

Und wer mich kennt, weiß, daß ich dabei bin.

Aber dann finden wir noch ein Sprüchl, das leicht bei uns hinaufpaßt in die Schlafkammer, wo eh das ganze Mobiliar ein leichtfertiges Aussehen hat.

»Das mach' i dir aa«, sagt der Lois.

»Aber laß die Ungarische nix spür'n!« wisper' ich ihm zu, weil sie grad hereinkommt und uns zwei anschaut wie zwei Buben, die just daran waren, auf den Apfelbaum zu klettern, aber jetzt tun, als wären sie halt die Harmlosesten von der Welt.

Aber sie bleibt nicht lang im Zimmer.

»Das Büchl spannst dem Pfarrer aus!« sagt der Lois. »Tust, als hättst drauf vergessen! Überhaupt, daß der solchene handfeste Literatur hat?«

»Is er also doch noch mit sei'm Mohammed 'reing'falln!« sag' ich frohlockend. »So samma ihm draufkomm'n, was er für Büchl'n liest, wann ihm kaaner zuaschaut! Da schau her! Unser Herr Pfarrer!«

»Mußt's mir mitgeb'n, damit i die Sprüch' aufschreib'n kann!« meint der Lois. Aber er muß mir erst versprechen,

daß nix mit dem kostbaren Buch geschieht, und dann darf er gehn.
»Bis morgen is alles fertig!« sagt der Lois. »Servus!«
Wie er fort ist, krieg' ich doch Gewissensbisse wegen dem Sprüchl, das ich ausgesucht hab' für die Schlafkammer, aber die Ungarische wird's halt durchgehen lassen, weil's doch Volksdichtung ist und dazu noch aus dem Buch vom Pfarrer.
Und grad, wie ich das denk', seh' ich den Pfarrer zum Vorgartentürl hereinschwenken. Und richtig kommt er um das Buch. Es scheint ihm eingefallen zu sein, daß er's nicht unbeaufsichtigt lassen kann.
»I möcht's ganz durchstudier'n, Pfarrer!« sag' ich. »Laß ma 's Büchl no' a paar Tag'!«
»I laß dir's schon, aber die Frau Gräfin, i moan, die sollt' net einischaun!« sagt er ganz aufgeregt.
»Recht hast, Pfarrer!« antwort' ich. »Wie i vorhin drin blätter' und find so g'salzene Sprüch', nachher hab' i's glei' wegg'sperrt, weil sie doch a so zarte Seel' hat, mei ungarische Frau Gräfin!«
Da kommt die Ungarische aus der Küche und fragt den Pfarrer, wieso wir denn schon wieder die Freud haben, ihn bei uns zu sehn. Der gute Gottesmann druckst herum, aber es fällt ihm nicht gleich eine glaubhafte Lüg' ein, deswegen sag' ich:
»Du, er hat mir's im Vertrau'n g'sagt, daß er halt gern wieder amal a Glasl Ungarwein trinken möcht'. Das regt ihm den Appetit aufs Mittagessen an.«
Und der Ungarischen ist es eine Ehr', daß sie gleich rennt

und holt eine Flasche Wein. So rasch ist sie damit zurück, daß der Pfarrer gar keine Widerred' finden kann.
Wir sitzen zusammen am Tisch mit einer Gemütlichkeit, daß es fast eine Sünde ist am hellen Vormittag. Die Ungarische lauscht immer mit einem Ohr zur Küche, weil es heut' ein ungarisches Gulasch gibt mit Spaghetti, aber sie geht nicht früher vom Tisch, als bis der Pfarrer aufsteht. Beim zweiten Ruck gelingt's ihm. Die Ungarische und ich haben zwei Glas'ln getrunken, den Rest hat der Pfarrer.
»Vergelt's Gott!« sagt er, und wir meicen, daß es uns a Freud' gewesen ist.
Du lieber Himmel, wie er aber hinausgekommen ist in die heiße Sonn', nachher hat's ihn g'habt. In Serpentinen ist er gewandelt, als ob er auf einem Bergpfad wandert und nicht auf unserer schnurgeraden Dorfgassen.
Da sagt die Ungarische, daß wir nicht recht getan hätten.
»Bittschön, wann er 'n Wein sauft wia's Wasser, nachher is es sei' Schuld!«
Wie wir dann beim Gulasch sitzen, kommt doch die alte Emerentia vom Pfarrer herein und fragt ganz aufgelöst:
»Was hat er denn bloß, der Herr Pfarrer? Haam is er kemma, hat nix essen mög'n un sich glei' hing'haut aufs Lederkanapee im Studierzimmer. Was er denn hat? frag' i. Da schimpft er mit dem Heiligen Georg und red't lateinisch. Nachher hab' i mir glei' denkt, daß hier der Unheilige Georg g'moant is ...«
»Was hat er denn lateinisch g'redt?« frag' ich die Emerentia.
»Ja, wie war's denn glei'? Von Culpa un vom Maximilian is was g'wesen, aber des is do kaa Heiliger net!«

»Hat er net g'sagt: Mea culpa, mea maxima culpa?« frag' ich.
»Pfei'grad so war's!« sagt die Emerentia.
»Sixt es!« mein' ich zur Ungarischen. »Er siecht's selber ein, daß es sei' eigene Schuld is, wann er sauft wie a Kamel in der Oasen!«
Da macht die Emerentia einen Riesenkrach. Daß ihr Pfarrer nicht saufen tät und daß sie mich beim bischöflichen Amt in Salzburg anzeigen will mit meinem losen Maul.
Nachher ist sie hinausgestoben, und die Ungarische hat mich ins Gebet genommen, daß ich gemeint hab', ich hätt' mir leichtfertig an Rausch geholt und nicht der Pfarrer.
Aber wie ich kein Wort der Widerred' getan hab', nachher ist sie von selber stad geworden. Sie hat wohl gemeint, daß mir die Reue die Sprach' verschlägt, und das hat ihr leid getan.
Gelächelt hat sie erst, aber ich hab' noch eine Weil' ernst und reuig dreingeschaut, bis sie mir ganz ernstlich befohlen hat, daß ich nun endlich auch wieder lachen soll.
»I lach' eh schon die ganze Zeit«, sag' ich. »Inwendig drinnen hab' i g'lacht, daß mir der ganze Leib weh tut!«
Da sagt sie, daß ich ein rechter Hallodri wär', und dabei hat's sein Bewenden.
»Du, Ungarische?« frag' ich aber noch einmal. »Was moanst, ob der Pfarrer morgen losgeht nach Salzburg und beicht', daß er an Rausch g'habt hat?«
»I maan net«, sagt die Ungarische sehr zweiflerisch. »Der kann sich ja die Sünden selber vergeb'n!«
»Der Pfarrer hat's gut! Wann i da mich anschau', nachher …«

»... machst dir gar net erst a G'wissen draus!« sagt die Ungarische den Satz zu Ende.
»Bittschön, dafür bin i aa der Unheilige Georg!«
»A Ausred' findst halt immer!« sagt sie bekümmert. »Hitzo legst di nieder! Verschlaf dei' Schlechtigkeit!«
»Ohne Kuß schlaf' i net!«
»Nachher bleibst halt wach!«
Sie räumt den Tisch ab, und ich leg' mich aufs Sofa, das am Fenster steht. Wie sie wieder hereinkommt, stell' ich mich so, als ob ich schlaf', und atme ganz regelmäßig. Da hör' ich, wie sie herantritt, und plötzlich spür' ich einen Kuß auf meinen Lippen. Blitzschnell fang' ich sie mit den Armen und halt sie fest, bis ihr im Kuß die Luft ausgeht.
Nachher lass' ich sie los, stöhne so recht sehnsüchtig und sag' schlaftrunken:
»Na, war des a schöner Traum!«
Die Ungarische kriegt ganz große Augen, weil sie nicht genau weiß, ob ich einen Schwindel mache oder nicht. Im Traum leist' ich nämlich Wunderbares. Einmal hab' ich die Ungarische in stockdunkler Nacht geweckt und sie gefragt, was eine Fuhr' Mist kostet. Und wie sie es nicht gleich hat sagen können, habe ich mich herumgedreht und weitergeschlafen, während sie bis zum Morgengrauen aufrecht im Bett gesessen und nachgegrübelt hat, was wohl eine Fuhr' Mist kosten mag, weil es sie nachgerade selber interessiert hat. Am Morgen hab' ich nichts gewußt von meinem Traumproblem, und es hat eine Mißstimmung gegeben bis zum Frühstück, weil die Ungarische nicht ausgeschlafen war.

Ein andermal bin ich sogar handgreiflich geworden im Schlaf und hab' ihr haarscharf auf die Nasen gehaut. Eine hübsche, kleine Nasen hat sie, schon mehr ein Naserl, genau gesagt, aber im Traum hab' ich doch akkurat draufgetroffen. Hellwach bin ich erst geworden, wie die Ungarische neben mir geweint hat. Und wieder hab' ich nichts gewußt, bloß, daß ich mit dem Lois was zu bereden gehabt hab' im Traum und er sich nicht hat überzeugen lassen wollen.
»So, dem hat's 'golten?« hat die Ungarische gesagt.
Wir sind damals in Ungarn auf ihrem Gut gewesen, und wie wir ein paar Monat später zu mir gekommen sind und der Lois uns willkommen geheißen hat, nachher hat sie ihm eins auf seine Nase gegeben und gesagt, das wär von mir, und sie sollt' es ihm bloß abliefern.
Der Lois hat dreingeschaut wie eine Gans, wann's donnert, und wie ich ihm alles erklärt hab', nachher hat er eine Rauferei mit mir anfangen wollen, weil er stets wiederhaut, wann ihn einer schlägt.
»Du«, sagt die Ungarische zu mir, »fang mir net wieder an, so lebhaft zu träumen, sonst logier' i mich beim Pfarrer ein!«
»Leg dich zu mir und gib an Frieden!« sag' ich.
»Naa, am off'nen Fenster?«
»Mach's zua und klapp' halt noch die Läden vor, Ungarische!«
Aber sie will auch das nicht, weil im Dorf doch geredet wird, ob einer die Fenster nun offen hat oder zu.
Aber die Frage des Schlafens wird heute ganz anders gelöst. Draußen geht ein lautes Wiehern an, und wie wir aufspringen, sehen wir noch, wie der Majestätische mit einem mäch-

tigen Satz über den Zaun am Vorgarten geht.
»Sakra!« sag' ich. »Die Stuten vom Viehdoktor!«
Die wird mit dem Geschirr vom Wastl, dem Knecht vom Mödlinger, vorbeigeführt und sperrt sich, weil sie nicht weiter will, sondern zum Majestätischen.
»He, Wastl, was is?« schrei' ich.
»Zum Schmied soll i's bringn, dös Luada! A Eisen hat's verlor'n! Der Doktor is bei uns, weil dö Sau an Rotlauf hat!«
Während er mir erwidert, hat sich die Stute losgerissen, und der Majestätische tanzt um sie herum auf den Hinterbeinen, und schreien tun 's beide, als ob sie das ganze Dorf auf die Hochzeit laden wollen. Der Wastl bringt sich in Sicherheit, weil er keinen Schlag erwischen will, und wir zwei schauen und denken nicht daran, den Majestätischen zur Vernunft zu bringen, weil es keinen Zweck hat, eh' daß er nicht der hübschen jungen Stute seinen Liebesbeweis erbracht hat.
Wer daheim und nicht auf den Feldern ist, kommt gelaufen, bald das ganze Dorf ist's. Und da klagen sie bei uns immer, daß ihnen der Werktag zu kurz ist!
Der Lois und die Mirl sind natürlich auch dabei, bloß der Herr Pfarrer schläft seinen Rausch aus und hört und sieht von nichts etwas.
Der Viehdoktor kommt dahergefegt mit der Peitsche wie ein Racheengel, aber zu spät ist's. Trotzdem will er dazwischenschlagen, aber er hat nicht mit dem Lois gerechnet, der ihm die Peitsche entreißt und den Stiel zweimal übers Knie bricht.
»Bei uns wird kaa Roß g'haut!« schreit er ihn an.
Das wär sein Pferd! brüllt der Doktor wieder. Aber gleich

hat er die ganze öffentliche Meinung vom Dorf gegen sich, der Vieharzt.
Froh soll er sein, daß er zu einem guten Fohlen kommt! Und wenn er die Stute nicht gut behandelt, nachher wollen sie den anderen Viehdoktor holen, den jungen! Wie er merkt, daß ihm die Axt an den Nahrungszweig gelegt werden soll, nachher brüllt er den Wastl an, daß er endlich die Stute zum Schmied bringen soll. Der Schmied ist aber selber da und nimmt das Roß gleich mit. Willig geht sie mit ihm, die Kladruberin, weil ihr der Schmied den Hals klopft und ihr gut zuredet. Der Majestätische ist dabeigestanden wie aus Holz geschnitzt und hat sich gewundert, was es für eine Aufregung gibt, wann er bloß was tut, was ganz in der natürlichen Ordnung ist.
Er wiehert seiner Stute noch einmal nach, springt in einem Bogen auf den Viehdoktor zu, daß der gleich die Flucht ergreift. Ein paar Sätze geht ihm der Majestätische noch nach, dann trabt er zurück vor den Zaun, und die Dorfleute schütteln sich vor Lachen und wir uns am Fenster auch.
Ich ruf' ihn, und er schaut auch her. Aber zurückspringen über den Zaun fällt ihm nicht ein. Der Lois muß ihm die Tür aufmachen.
»Was so a Roß für Fähigkeiten zeigt, wann's verliabt is!« sag' ich zur Ungarischen. Und die meint, das ginge den Menschen auch so, hinterher käm immer bloß die Enttäuschung. Dabei schaut sie mich an, daß es schon fast eine liebenswürdige Beleidigung ist.
»Aber so seid's ihr eben, du und dein Majestätischer!«
Der Hengst kommt zu uns ans Fenster und fährt der Unga-

rischen ins Gesicht mit dem samtenen Maul, wie es seine Art ist, Zuneigung zu beweisen. Da läuft sie gleich und holt ihm einen Zucker.

»Guat muß ma euch Bagasch halt doch sein!« sagt sie, und da ist der Dreibund wieder ein Herz und eine Seele.

Am Abend denk' ich gerade, daß ich vielleicht heute ums Erzählen herumkommen werde, da erinnert mich die Ungarische an meine Pflicht, und weil sie schon den ganzen Tag über mit mir eine Lammsgeduld gehabt hat, zünd' ich mir also mit aller Umständlichkeit eine Virginia an, rück' mich zurecht im Sessel und fang' an, genau dort, wo wir stehengeblieben sind:

»Richtig, wie ich nun wieder nach Piber gekommen bin, bist du nicht dagewesen, und die Reserl vom Gasthof hat mich nach dir gefragt, weil sie dich gar so ins Herz geschlossen hatte. Aber nichts hab' ich von dir gewußt, bloß eine Fotografie hab' ich von dir gehabt, und darauf stehst vor einer Herde einjähriger Stuten und drehst mir den Rücken zu.

Wie ich hinaufgekommen bin ins Gastzimmer, da ist mir zum Sterben elend gewesen, und ich hab' gesehen, wie hölzern die Stuben ausschaut, eine rechte Schlafstelle, die man bloß im Finstern ertragen kann. Den Koffer hab' ich hingesetzt und bin gleich wieder hinuntergelaufen. Da hat mich die Reserl wieder festgehalten. Ich soll sie doch nicht aufziehen, sicher kämst du nach. Direkt grob bin ich der Reserl gekommen und fortgelaufen zu den einjährigen Hengsten. Ich kenn' den Majestätischen gleich heraus, aber er hat mich vergessen. Viel lichter ist er geworden, schneeweißes Haar kommt ihm schon durchs dunkle Fell. In den Flegeljahren

ist er auch gewesen, gerauft hat er mit seinen Kameraden, ein toller Bursch' ist er geworden.
Einträchtig weidet er mit den anderen, auf einmal wirft er den Kopf auf, und schon zwickt er einen anderen Hengst in den Hals. Der steigt und wehrt sich, beide stehen steil auf den Hinterbeinen und hacken mit den Vorderhufen aufeinander los. Ein dritter mischt sich hinein und fällt über den Majestätischen her, und da hören sie alle auf zu weiden. Mit einem Galopp stieben sie los und fegen über die Weide, daß die Grasbüschel aus dem weichen Boden fliegen. Urplötzlich, wie der Sturm aufgekommen ist, so flaut er wieder ab. Noch ein paar Sprünge tun die Hengste, dann stecken sie wieder friedlich die Nasen ins Gras und weiden.
Vierzehn Tage bin ich geblieben, und gerade wie der Majestätische wieder mit mir die alte herzliche Freundschaft geschlossen hat, muß ich fort, weil das Geld wieder ausgegangen ist.
Was ist noch viel zu erzählen? Eine böse Zeit ist es gewesen, Vertretungen hab' ich übernommen, dann für eine Zeitung über die Pferderennen berichtet, aber da bin ich hinausgeflogen, weil ich einen Schwindel aufgedeckt habe, daß ein Pferd gedopt gewesen ist mit Rauschgift. Ich hab' das vor Gericht beweisen können, aber hinausgeworfen haben sie mich doch, weil der Pferdebesitzer ein Schwager gewesen ist vom Zeitungsverleger. Wenn ich Geld gehabt habe, nachher hab' ich mir im Tattersall so einen armen Teufel von Roß ausgeliehen und bin im Schritt mit ihm im Prater umhergeritten, oder bin überhaupt abgesessen und hab' ihn Gras weiden lassen, damit er auch einmal was hat vom Leben.

Sixt, Ungarische, immer dann hab' ich an dich gedacht und mir das Foto angeschaut, wo du mit dem Rücken drauf bist! Und an den Majestätischen hab' ich auch denken müssen, ihr seid's eben doch die zwei einzigen auf der Welt gewesen, nach denen ich mich gesehnt hab'. Wenn eine Frau und ein Roß zusammen am Herzen zerren, nachher ist's kein Wunder, wann's schwach wird. Aber ich hab' nicht schwach sein dürfen, weil ich ja mitschwimmen mußte im Strudel, wo das verrückte Spiel mit dem Geld getrieben wurde, daß man heute noch ein Reicher war und morgen ein Habenichts. I red' net gern davon, Ungarische, gottlob, daß ich das meiste davon vergessen hab'. Sooft ich gekonnt hab', bin ich in die Spanische Reitschul' geflüchtet. Da ist mir mehr Trost geworden, als wenn ich in die Michaelerkirchen 'gangen wär'. Ein guter Geist hat in der Spanischen geherrscht, Reitergeist, der nichts gemein gehabt hat mit dem Ungeist, der draußen umgegangen ist. In der Spanischen hab' ich mich immer geborgen gefühlt, und wenn ich hinausgekommen bin, hab' ich wieder fest dran geglaubt, daß der Reitergeist wieder einziehen wird in die ganze Stadt Wien. Und ich hab' recht behalten, es ist so gekommen. Wie eine Krankheit ist es vorbeigegangen, und es ist auch besser geworden mit mir. Der Leopold hat mir einen Stallmeisterposten in einem Reitinstitut ausmachen können, und so bin ich auch wieder zu den Pferden gekommen.

Aber lang hat's mich nicht gehalten, es sind auch zwei Jahr' vergangen gewesen, da bin ich halt doch wieder nach Piber gefahren, im Wahn, daß du da sein könntest, bloß weil wieder Mai ist. Aber ich habe wieder allein auf den Weiden herumgehen müssen, und dem Majestätischen bin ich ganz fremd vorgekommen. Bis auf ein paar dunkle Schatten im Haar ist er ein Schimmel gewesen, weit überlegen den anderen an Kraft und Anmut. Gerauft hat er noch immer, aber wenn dann die Herde im Galopp abgegangen ist, nachher hat er stets mit ein paar Längen an der Spitze geführt. Die Reserl, die ein Roßgedächtnis gehabt hat, ist mir wieder in den Ohren gelegen, ob ich nichts gehört hab' von dir. Ob ich dir nicht einmal geschrieben hab'. Aber vor drei Jahren hast gesagt, daß du mich schon finden wirst, wann du mich suchst. Ungebeten hab' ich nicht kommen wollen oder schreiben mögen ...«

»Und doch wärst willkommen gewesen, Unheiliger Georg«, sagt die Ungarische. »Meinen Vater hatten sie erschossen in der Anarchie, das Gut ausgeraubt, die Herden davongetrieben. Und ich sollte nun aufbauen, von vorn anfangen. Im Jahre aber, wo ich in Piber war und gemeint hatte, daß es gut gehen würde, weil die Felder gut standen und in der Pußta wieder kleine Herden weideten, die mir gehörten, brannten die Ställe ab. Die Maul- und Klauenseuche nahm mir Pferde und Rinder, die Banken, die mir Geld geliehen hatten, drohten mit Versteigerung. Es ist mir damals fast zu schwer geworden. In Budapest ging ich um Kredite betteln. Kannst dir denken, um welchen Preis mir manche Geld geben wollten. Daheim hab' ich die Wirtschaft allein auf dem Buckel gehabt, die Leute waren weggegangen, nur Janos, der schon meines Vaters Pferde gehütet hatte, blieb, und mit Gottes und seiner Hilfe bin ich dann zurechtgekommen, daß Janos wieder als Czikos eine kleine Pferdeherde in die Pußta führen konnte. Ja, wärst nur damals gekommen, Unheiliger Georg, ich konnt' dir ja nicht schreiben, daß du herkommen sollst. Weggeschickt hatt' ich dich, und ich hab's net über mich 'bracht, daß ich dich rufen soll, damit du mir heraushilfst aus dem Elend. Wann i an dich denkt hab', nachher mußt' i doch immer meinen, daß was gutzumachen ist. Und ein Versprechen blieb immer einzulösen, du solltest deinen Majestätischen haben. Alles hab' i in Budapest beim Ministerium in Bewegung gesetzt, damit sie mir helfen und ich den Majestätischen kaufen kann in Piber, und gottlob ist's denen damals in Wien so 'gangen, daß sie lieber Geld g'habt haben in der Kasse als einen jungen Hengst auf der Weide. Nun red du und erzähl, wie du g'schaut hast, als der Majestätische fortgemußt hat!«

»Das ist gleich am nächsten Tag so gekommen. Am Abend vorher erzählt mir der Verwalter vom Gestütshof, daß der Majestätische verkauft ist. Eine ungarische Gräfin hat ihn, sagt er. Ich renne hinunter ins Schloß zur Hauptverwaltung und krieg' es heraus, daß du ihn gekauft hast. Und morgen früh soll er in Köflach verladen werden auf die Bahn.

Den Tag über geh' ich herum und sinnier'. Ich mein', daß du mir jetzt das Letzte nehmen willst, das Letzte, das mir nicht einmal gehört. Aber ich will dich noch einmal sehen und dir sagen, daß du nicht recht tust. Doch wie soll ich hinkommen zu dir? Grad für Unterkunft und Kost reicht es hier und für die Rückkehr nach Wien. Am Abend spiel' ich mit dem Gestütsleiter eine Partie Billard im Gasthof und frag' ihn, wer beiläufig den Hengst begleitet auf der Fahrt. Der knurrt etwas, daß er knapp ausreicht mit seinen Leuten, weil so viele weggehen, und daß ihm der Transport grad' noch gefehlt hat. Da sag' ich ihm, daß er mich doch kennt und Vertrauen zu mir haben kann. Freilich, das hat er! Und dann rück' ich heraus und sag', daß ich den Hengst hinbringen will nach Ungarn für die gleichen Spesen, die er sonst dem Pfleger zahlt. Es hat kein langes Überlegen gegeben, er hat zugesagt und mir gedankt, daß ich ihm einen Gefallen erweise, und er will es vorm Ackerbauministerium verantworten. Hinzu kommt noch, daß er weiß, daß wir uns kennen, du und ich, und so meint er, daß bei mir alles in guten Händen ist.

In der Nacht hab' ich wenig schlafen und den Morgen nicht erwarten können, bis ich losgezogen bin, den Majestätischen am Halfter, nach Köflach zum Bahnhof. Zweimal bin ich allein gegangen, und jetzt führ ich den Majestätischen mit mir! Ihn werd' ich pflegen können auf der langen Fahrt und mit ihm zusammen im Waggon schlafen.

Am Bahnhof sagt mir der Beamte, daß wir in drei Tagen am Ort sein werden. Drei Tage! Dann muß ich mich trennen vom Majestätischen auf Nimmerwiedersehen! Bleibt bloß noch die Deflorata, die kleine Freundin von ihm, die ich auf der Weide gesehen hab', wie sie sich graziös mit den anderen Stuten tummelte.

So gemütlich, wie's geht, mach' ich's dem Majestätischen nun im Waggon. Reichlich Stroh haben wir, und die Schiebetür wird offen bleiben und durch ein brusthohes Holzgitter gesichert sein. So können wir hinausschauen und frische Luft atmen. Ich lasse den Hengst frei im Waggon, der Beamte meint, daß ich ihn anbinden soll, aber was weiß er!

Eine Stunde müssen wir noch warten, bis wir an den Güterzug angehängt werden. Von Graz aus soll uns nachher ein Personenzug mitnehmen. In Graz kann ich den Majestätischen draußen auf und ab führen, damit er Bewegung hat. Der Anschluß dauert wieder lange. Nachts erst kommen wir über die Grenze in Steinamanger. Wie die ungarischen Beamten meinen Paß sehen, gibt's ein Wiedersehn, und alles geht rasch mit der Zollabfertigung. Zu rasch geht's mir, denn der Schaffner sagt, daß der Waggon um des Pferdes willen nun mit dem D-Zug nach Budapest gehen soll, damit wir am Nachmittag in Kecskemét eintreffen.
Dem Majestätischen gönn' ich's von Herzen, daß es eine kurze Fahrt gibt, aber mir geht ein Tag ab. Brav und ruhig hält er sich unterwegs, vertraut ist er mit mir geworden, zum drittenmal hat er Freundschaft mit mir geschlossen. In der Nacht war es kühl geworden, da hab' ich mich zu ihm ins Stroh gelegt, damit es mir wärmer sein soll. Behutsam hat er mich am Morgen geweckt, mich an die Schulter gestoßen, damit ich meine Pflicht an ihm erfülle, ihn putze, füttere und tränke.
In Budapest ist kein Aufenthalt gewesen, und wir haben im Waggon bleiben müssen, nur umrangiert haben sie uns, und knappe zwei Stunden drauf ist der Waggon in Kecskemét abgehängt worden vom D-Zug. Am Bahnhof ist der Janos gewesen mit dem zweispännigen Preschwagen. Deutsch hat er sprechen können, und er hat mich gelobt, daß der Hengst in so gutem Zustand ist und daß sich die Gräfin freuen wird. Ein wenig ausgehorcht hab' ich ihn, wie es dir geht, und er hat von dir gesprochen wie von einer Heiligen, von der Not

hat er erzählt und davon, daß du dich doch durchgesetzt hast. Der Majestätische ist hinten am Wagen angebunden gewesen und ist flott hinterdrein getrabt, froh, daß er die Beine rühren kann.

Weil es über eine Stunde Weg gewesen ist in die Bugac-Pußta hinein, sind wir Schritt gegangen, damit der Majestätische mit trockenem Haar ankommen soll.

Warum die Gräfin den Lippizanerhengst gekauft hat, weiß der Janos nicht genau, nur erzählt hat sie immer von ihm, daß er nun ein königliches Pferd geworden sein muß, wenn das Fohlen gehalten, was es versprochen hat. Ich möchte gern wissen, ob du auch von mir gesprochen hast mit dem Janos, aber zu fragen wag' ich nicht, weil ich doch nicht weiß, wie du stehst zu mir nach der langen Zeit. Ob ich das Gestüt kenne, das Pibersche, fragt der Janos, und ob ich da einen Mann kenne, den Namen weiß er nicht, die Gräfin hat bloß von einem Leutnant geredet, der ein großer Pferdekenner sein soll und ein guter Reiter.

›Ah, den meinst, Janos?‹ sag' ich. ›Freilich kenn' i den! So arg ist's net, wie die Frau Gräfin von ihm g'sprochen hat, aber was Wahres ist schon dran!‹

Es müßte ein Mann aufs Gut, sagt der Janos ganz unvermittelt, und dabei grinst er mich an, als ob er mehr weiß, als er sagt. Telegrafiert hätten sie vom Gestüt, erzählt er weiter.

›Kruzitürken!‹ fahr' ich auf. ›Nachher wißt's ihr am End', daß i ...‹

›Jo, Härr Leitnant, wir wissen!‹ sagt der Janos und lacht und lacht, daß die Pferde vorn anfangen zu galoppieren. Der un-

gefederte Wagen springt und stößt durch die Löcher der Grassteppe. Dazu knallt Janos mit der Peitsche und ruft, daß, joi, joi, die Frau Gräfin a Freid' haben wird.
Da pack' ich ihn an der Schulter.
›Sag, Janos, sie freut sich?‹ schrei' ich ihn an.
›Jo, Härr Leitnant, gnädiges Frau Gräfin freit sich!‹ schreit er mich wieder an.
Wir halten gerade auf eine Pferdeherde zu, die am Ziehbrunnen steht und getränkt wird. Dort steigt Janos vom Wagen und gibt mir die Zügel in die Hand und die Peitsche. Dann bindet er den Majestätischen hinten los und stellt ihn vorn neben das Handpferd.
Da, zwischen den Bäumen, die einsam in der Pußta stehen, leuchtet weiß das Gut heraus. Dort soll ich hinfahren, er muß bei den Pferden bleiben, damit der Hüterbub alles gut richtet.
Und da lass' ich die Pferde laufen, und der Janos schreit mir Joi! Joi! nach. Der Wagen rumpelt über die Unebenheiten, ich fliege vom Sitze hoch, vorn galoppieren die beiden Pußtagäule, und der Majestätische nebenher mit fliegender Mähne und wehendem Schweif! Unendlich weit scheint's mir zum Gut, und ich lass' die Peitsche knallen, damit die Pferde laufen, was die Riemen halten. Fest muß ich mich klemmen gegen das Spritzbrett, der Hut rutscht mir vom Kopfe und fliegt in die Pußta. Was brauch' i an Hut? Pfeif drauf! Bloß hinkommen, schnell hinkommen!
Endlich seh' ich das Tor, offen steht es, schon sind wir durch und hinein in den Hof! Hart klappen die Hufe aufs Pflaster. Die beiden Gäule bäumen sich beim Zügelanzug, und der

Majestätische steigt verwegen und wiehert.
Ich spring' vom Wagen und mach' ihn los. Dann führ' ich ihn zur Treppe, die von der Veranda des Wohnhauses herunterführt. Und du kommst die Stufen herunter, angetan mit deiner Nationaltracht, und in den Händen hältst du Weißbrot und ein Glas Wein.
So ernst und feierlich ist alles, daß es mir in der Kehle drückt und mir die Augen ins Schwimmen geraten.
›Willkommen, Heiliger Georg!‹ sagst du. ›Iß und trink!‹ Ich nehme das Brot und breche ein Stück ab und führ' es zum Munde, aber es wird halt immer mehr beim Kauen und will nicht herunter, so daß ich den Wein nehme und trinke und mir die Leine vom Majestätischen unter den Arm klemme. Während ich trinke, frißt mir der Majestätische das Stückerl Weißbrot aus der Hand, und wie ich endlich den Mund frei hab', schrei' ich: Marika! Ja, und dann hebst du mich hoch von den Knien und küßt mich, und es rinnen Tränen dazwischen, von denen wir nicht wissen, wem sie davongelaufen sind.
Sixt, Ungarische, und da hab' i's fest im Herzen g'fühlt, daß wir uns haben und halten fürs Leben. Ich weiß nimmer, was wir uns g'sagt haben, gute Worte aus glücklichen Herzen sind's gewesen ...«
»Doch, Unheiliger Georg, i waaß schon noch, was du g'sagt hast«, wirft die Ungarische ein, »Marika, hast g'sagt, sei mir net bös, daß i so lang fort war! Und i hab' dir erwidert, daß i dich liebhaben will, damit die bösen drei Jahr' auslöschen ...«
Wir schweigen, und nach einer Weile steht die Ungarische

vor mir und nimmt meinen Kopf in ihre kleinen, guten Hände.

»Du lieber Unheiliger Georg, trag mich hinauf!«

Und ich nehme sie hoch in meine Arme und spür' den Knöchel nimmer, daß er schwach ist. Über die Stiegen geht's hinauf, den Weg zur guten Nacht.

Der Lois ist am nächsten Morgen ganz zeitig gekommen, wo er weiß, daß ich im Stall beim Majestätischen bin. Unter der Jacke verborgen hat er die Schilder mitgebracht. Die Sprüche für Haus- und Stalltür, fürs Wohnzimmer, ja, und eben auch den für die Schlafkammer oben. Es hat mich zwar fast gereut, das heimliche Unternehmen, wie ich den Spruch gelesen hab', aber so schön hat ihn der Lois gemalt, daß er schon an die Wand muß, weil er sie ziert. Geheißen hat der Spruch ganz sakrisch unmoralisch, und zwar so:

Wer Frau'n und Pferde suchet ohne Mängel,
Hat nie ein Roß im Stall, im Bett nie einen Engel!

Was er an Verruchtheit gehabt, hat ihm der Lois durch die schöne, farbige Schrift genommen.

»Oisdann, häng' ma's Sprüchl auf!« sagt der Lois.

»Aber die zwaa für die Stuben müss'n ma einischmugg'ln! Wann uns die Ungarische vorher draufkommt, nachher is' aus!«

»Recht hast, ma muß halt die Frau'n immer vor a vollendete Tatsachen stell'n!« sagt der Lois.

Wir verbergen die beiden nicht ganz stubenreinen Sprüche im Futterkasten und machen uns daran, die anderen Tafeln zunftgerecht anzubringen. Ich halt' die Leiter, und der Lois nagelt die Sprüch' oben an. Den vom Paradies der Erde kriegt der Majestätische, der andere kommt über die Haustür. Sehr gut nehmen sie sich aus, ein rechter Schmuck sind sie, und ein sinnvoller obendrein.

Zu jedem Unternehmen braucht man Glück, vor allem,

wenn's eins ist, mit dem man einen andern überrumpeln will. Die Ungarische kommt aus der Küche und sagt, daß es mit dem Quirl nicht mehr so weitergeht. Der Quirl ist ein Erzeugnis meiner Handwerkskunst, ich hab' ihn aus einem ausgedienten Christbaum gemacht, die gestutzten Zweige haben unten den Quirl hergegeben und der Stamm den Griff. Und jetzt geht es also nicht mehr mit dem Quirl, die Ungarische will zum Kramer-Hansl gehn und einen richtigen Quirl kaufen. Ich red' ihr zu, bloß, daß sie rasch aus dem Hause kommt, und sie hat das Vorgartentürl noch nicht zugehabt, nachher sind wir gleich darangegangen, die verrückten Sprüch' in den Stuben anzubringen. Wir haben schon wieder ganz harmlose Gesichter gehabt, wie die Ungarische zurückgekommen ist. Die Tafeln haben ihr sehr gefallen, die am Haus und am Stall, aber was im Haus drinnen gehängt hat, das hat sie gottlob noch nicht gesehen.
»Du, was is mit dem Schwaigerbauern sein' Taferl?« frag' ich den Lois.
»Des is scho dran, gestern auf die Nacht hab' i's noch aufg'hängt!«
Ich zank' ihn sehr aus, weil ich doch hab' mitmachen wollen, aber er meint, daß ich mit meiner kranken Haxn vielleicht nicht so schnell hätte flüchten können, wenn der Schwaiger was spitz gekriegt haben würde.
Einen Wirbel hat es aber doch gegeben mit unseren schönen Sprüchen. Erst kommt der Pfarrer und sagt, daß der Spruch über der Haustür in keine christkatholische Gegend paßt, weil er vom Doktor Martin Luther wär, der dem Papst seinerzeit das Ablaßgeschäft verdorben hat.

»Wann der Luther solchene Sprüch' g'macht hat, nachher is er mei' Mann!« sag' ich. »Und von mir aus kann er geglaubt haben, wie und was er will. Fang ma bloß kaan Religionskrieg an, Pfarrer!«

Da meint er, es tät mir schon ähnlich sehen, wo ich doch bloß immer Statist wär in der Kirche und an heidnischen Glauben hätt', daß er gar nicht gern hinschaut. Aber er hat nicht abgelassen, auf mich hineinzureden, daß ich ihm schließlich hab' sagen müssen, alle Sprüch' stammen aus seinem Büchl, und ihm angedroht hab', daß er nie wieder einen Wein kriegen wird, der ihn wohltätig eine solche Gelegenheit zum Ärgernis verschlafen läßt, wie es eine Roßhochzeit auf öffentlicher Straße nun einmal für ihn sein muß.

Da ist er still geworden, und damit er gleich noch mehr aufs Gemüt kriegt, haben wir ihm den Spruch im Wohnzimmer, den von den Stöß' auf Erden, auch noch versetzt. Da fängt er natürlich auch gleich an zu räsonieren, daß es keine Art wär, und er redet so laut, daß die Ungarische hereinkommt und schaut, was es gibt.

Weil sie keinen unehelichen Krach vorm Pfarrer hat mit mir anfangen wollen, sagt sie, daß ihr der Spruch gefällt, und was den Wein angeht, so trifft er sogar ganz genau die Wahrheit. Dabei hat sie den Pfarrer ganz liebenswürdig angelächelt, daß der nachher gesagt hat, daß er also dann auch keinen Anstoß dran nehmen will, wenn die Frau Gräfin glaubt, es wär' ein schöner Spruch.

Wie wir nun gerade den Frieden hergestellt haben, kommt der Schwaigerbauer, der erst drüben gewesen ist beim Lois,

heran ans Fenster und schreit, daß er den Lois massakrieren will.
Da verbietet ihm der Pfarrer erst einmal solche unchristliche Reden und will den Tatbestand aufnehmen. Der Schwaiger legt los, daß ihm einer eine Gemeinheit übers Haustürl genagelt hat, eine so saftige, daß der Pfarrer selber kommen und lesen soll. Ihm wär's gar nicht aufgefallen, aber der Posthalter, der alte Tratscher, hat es zuerst gesehen, und nun weiß es das ganze Dorf, und einer schickt den andern hin, damit er das Schild liest.
Der Lois sagt, der Schwaiger soll ihm erst einmal was beweisen.
Aber der besteht drauf, daß der Lois die Sache gemacht hat, und gegen mich hat er auch einen schweren Verdacht.
Der Pfarrer entschließt sich zu einem Lokalaugenschein, und so ziehn wir zu fünft los, die Ungarische geht auch mit, was mir gar nicht lieb ist.
Vorm Schwaigerhaus sind sie scharenweise gestanden, und die Bäuerin hat von oben heruntergekeift, daß sich die ausgeschamte Bagasch da unten davonscheren soll.
Der Pfarrer und die Ungarische sind rot angelaufen, wie sie den kernigen Spruch vom Vorder- und Hinterteil gelesen haben. Der Lois hat sich wollen zuschanden lachen. Ich habe gesagt, daß ich so was nicht am Haus stehen haben möchte, weil ich wegen der Ungarischen auch eine sittliche Entrüstung von mir geben muß.
Der Lois hat gesagt, daß er die Tafel wohl gemalt, aber nicht angebracht hat. Einer hätte sie bei ihm bestellt, aber ihm nicht verraten, was sie für einen Zweck haben soll.

Wer der Saulump gewesen ist? will der Schwaigerbauer wissen, aber der Lois sagt, daß er seinen Auftraggeber nicht verraten kann.
Ha! meint der Schwaiger. Dann weiß er schon, wer's gewesen ist! Drei kommen in Frage, mit denen er spinnefeind ist, und damit er auch den Richtigen trifft, nachher will er sie alle drei verprügeln, daß denen die Knochen umeinanderfliegen.
Dagegen ist nun wieder der Pfarrer, der meint, daß hier bloß das Gericht ein Wort zu sprechen hat. Aber vom Gericht will der Schwaiger gar nichts wissen, seit ihm das Abschwören der Vaterschaft bei der Josepha aus dem Nachbardorf beinahe übel ans Bein gelaufen wär und es ihn ein Heidengeld gekostet hat, damit ein anderer die Sach' auf sich nimmt und zahlt. Ganz geklärt ist der Fall nicht, dem Schwaiger schwillt der Kamm, sobald bloß einer von Alimenten redet. Also entscheidet der Pfarrer, daß der Spruch erst einmal herunterkommen soll, und der Lois beseitigt das mit seinen eigenen Bubenhänden vorher angebrachte Ärgernis nun auch selber wieder.
Ein ganz Schlauer ist er! Mit der Zange hantiert er so grob, daß die Tafel zu Bruch geht. Und wie er von der Leiter herunter ist, sagt er, daß so etwas verbrannt werden muß. Noch eh einer was dagegen einwenden kann, steckt er die Tafel der Schwaigerbäuerin ins Herdfeuer, und das Corpus delicti ist erst einmal weg.
»Gemma!« sag' ich zur Ungarischen. Wir gehen, und weil sie nichts Gescheiteres tun können, schließen sich der Lois und der Pfarrer uns an. Der Pfarrer meint, daß der Lois und

ich die Urheber dieser schlimmen Geschichte wären, aber die Ungarische kann bestätigen, daß ich nicht aus dem Haus gekommen bin, sondern redlich neben ihr geschlafen habe. Das Danebenschlafen, von dem die Ungarische so selbstverständlich redet, geht dem Pfarrer sauer ein, weil wir ja bloß vorm lieben Herrgott verehelicht sind und nicht vorm Pfarrer. Deshalb hackt er nun auf den Lois ein, der seinerseits die Mirl als Kronzeugin angibt, und weil es mit den beiden die gleiche windige Sache ist wie mit uns, läßt es der Pfarrer vorläufig bewenden, aber er meint, wenn die Geschichte vors Gericht kommt, nachher müßte der Wahrheit die Ehre gegeben werden.

»Sixt ja selber, wie schlecht ihm die Wahrheit eingeht, dem Schwaiger!« sagt der Lois. »Und i maan, daß der an Beweis der Wahrheit nimmer riskiert. Der rauft lieber und laßt sich den Buckel vollhauen, was ihm aa recht g'schiecht.«

Der Pfarrer redet davon, daß ein schwarzes Schaf halt die ganze Herde schändet, das ist alles, was ihm noch einfällt. Im Grund hat er überhaupt die Schuld an allem! Was leiht er das verruchte Roßbüchl her? Was hält er sich überhaupt solche verbotene Literatur? Im allertiefsten Grund freilich hat der Mohammed die Sache auf dem Kerbholz mit seinem Esel und den Kamelen. Wann der auf einem Roß geritten wär, wie es sich gehört, nachher hätte es die vertrackte Taferlgeschichte gar nicht geben können, weil dann der Pfarrer mit seiner ewigen Rechthaberei das Büchl nicht gebracht hätte.

»Im Grund ist der depperte Muselmann schuld!« sag' ich laut. Der Pfarrer schaut mich nur giftig an und ver-

schwindet mit einem Grüß Gott im Haus.
Für die Ungarische freilich steht der Tatbestand fest. Geistiger Urheber bin ich mit, und der Lois hat alles andere getan. Und der Spruch im Wohnzimmer ist ihr auch nicht gerade zum Entzücken!
»Häng 'n halt weg!« sag' ich.
»Naa, der bleibt!« meint sie. »Zum ewigen Gedenken an eure Schandtat!«
»Also g'fallt er dir doch!« sagt der Lois.
Er soll sich fortscheren zu seiner Mirl, meint die Ungarische. Und der Lois, froh, daß er so davonkommt, geht auch und verläßt mich, wo ich befürchten muß, daß mich die Ungarische nun unter vier Augen ins Gebet nimmt.
Aber sie tut wieder einmal was ganz anderes und redet nicht mehr von der Sache. Sie gibt's, scheint es, auf, mich zu einem lauteren Lebenswandel zu bekehren. Immerhin möcht' ich jetzt am liebsten den Spruch oben in der Schlafkammer von der Wand nehmen, damit mir die große Abrechnung, in der nachher alle Posten wieder aufgeführt werden, erspart bleibt.
»Der Lois is kaa Umgang für dich!« meint sie ganz allgemein.
»Mußt halt a Geduld haben mit dem Unheiligen Georg, Ungarische!« sag' ich.
»Neun Jahr' hab' ich dich schon, ich bin's halt g'wohnt worden!« antwortet sie.
»Wann i dich net hätt', nachher tät i ganz g'wiß im Zuchthaus enden!« sag' ich reuevoll.
»Wannst's nur einsiehst . . .«

»... bist schon zufrieden, gelt?«
»Bei dir lernt ma halt Bescheidenheit!« erwidert sie und lächelt.
»Sixt es, da hab' i aa an guten Einfluß auf dich, Ungarische!«
»Gib ma an Kuß, nachher kannst wenigstens net reden!« sagt sie, als wir vor der Haustür stehen.
»Ja, wann's sein muß!« mein' ich. »Nachher gib i dir an Kuß!«
Im Haus nachher, wie ich mich zu ihr hinunterbeuge, beißt sie mich in die Nase. So heimtückisch kann sie sein, die Ungarische!

»Hast's ja eh schon selber g'sagt, Ungarische«, fang' ich am Abend das Erzählen an, »was nachher 'komm'n is. Du mußtest noch am gleichen Tag nach Budapest und hattest bloß auf mich gewartet, damit ich nicht in ein leeres Haus kommen sollte. Im National-Hotel sind wir dann ein paar Stunden später gesessen, und die Zigeunerkapelle hat gespielt, und wie wir dann hinaufgegangen sind, nachher bin ich ganz durchdraht gewesen. Ich hätt' nicht zu dir hinüberkommen sollen, es war halt keine gute Stund' dazu und ...«
»Ach, hör auf, Unheiliger Georg, des is längst vergessen! Mußt net grad immer an so unglückselige Stellen herumerzähl'n!« unterbricht die Ungarische.
»Also, von der Nacht in der Pußta hast du ja auch schon g'redt«, fahr ich fort. »Und die is halt dann doch die richtige, die erste gewesen, ganz anders warst, Ungarische, wie du ...«

»Unheiliger Georg!« fährt sie mir wieder dazwischen. »Hitzo red vom Majestätischen! Was damals mit uns gewesen is, wissen wir zwaa und ...«
»Aber sag, war's net schön, Ungarische?«
»Kruzitürken, g'wiß war's schön!« sagt sie lachend. »Aber hast es nötig, historische Erinnerungen zu erzähl'n, wo i selber da bin und du, mehr brauch ma halt do net!«
»Aha«, sag' ich. »Da soll i also heut net lang erzähl'n?«
Die Ungarische schaut mich zornig lächelnd an. Im Zorn lieb lächeln, das macht ihr niemand nach, ich glaub', früher hat sie's auch nicht gekonnt, sondern es erst bei mir gelernt.
»Der Majestätische ist zur Pferdeherde auf die Pußta gekommen, und die Weite hat ihn so gefreut, daß er dem guten Janos immer Ärger gemacht hat. Einfach ist er auf und davon galoppiert, und dem Janos sein Gaul hat nicht so schnell laufen können wie der Majestätische. Da haben sie immer eine wilde Jagd gemacht, und wenn der Janos und sein Gaul vollständig erschöpft waren, nachher ist der Majestätische in einem Bogen zur Herde zurückgekehrt und hat ganz harmlos getan. Aber der Janos ist ihm nicht gram gewesen, für ihn ist der Majestätische das herrlichste Pferd auf Erden, hat er gesagt.
Ein ganzes Jahr bin ich bei dir geblieben, Ungarische, und weil wir uns in die Arbeit auf dem Gut haben teilen können, ist mancher Tag ganz frei für uns geblieben. Weißt, manchmal hab' ich daran gedacht, daß wir uns doch so wenig Zeit kennen, aber es ist gewesen, als ob wir füreinander geschaffen wären ...«
»A andere Frau hätt's aa net mit dir ausg'halten!« bemerkt

die Ungarische, die es heut, scheint's, darauf anlegt, daß ich nicht weiterkomme mit dem Erzählen.

»Red net so!« sag' ich. »Is dir's net schon die ersten Tag' und Wochen gewesen, als ob wir schon eine Ewigkeit beisammen wären: Manchmal hab' ich mir gedacht, daß wir uns in einem früheren Leben schon einmal begegnet sind...«

»Am End' samma zwaa Fiakergäul' in Wien g'wesen und san zwaaspännig 'gangen?« sagt die Ungarische. »Du, i maan, heit redst an rechten Unsinn z'samm, Unheiliger Georg!«

»Ja, i komm ja eh glei' dahin, wo i hab' abreisen müssen, Ungarische! Laß ma do Zeit!«

»Naa, laß mich erzählen!« sagt sie. »I hab' direkt an Gusto! Also, da ist eines Tages ein Brief vom Leopold aus Wien gekommen, und darin ist ein anderer Brief gelegen, ein amtlicher, und darin ist wieder gestanden, daß du ein reicher Mann geworden bist. Der Onkel Xaver, dem der Grund hier und das Häusl gehört haben, ist gestorben gewesen und hat keinen Gescheiteren finden können, dem er alles vererbt, als dich. Natürlich hast hinfahren müssen, weil es die Pietät erfordert und du auch Geld hast brauchen können, und eines Tages hat dich der Janos nach Kecskemét gefahren zur Bahn, und ich bin vorm Tor gestanden und hab' gewinkt, bis ich euch nimmer hab' sehen können. Es ist gleich sehr leer gewesen um mich, Unheiliger Georg, das muß ich schon sagen, ein Glück war's, daß der Majestätische dageblieben ist. Du, manchmal hab' ich voll Angst gedacht, daß du vielleicht nicht wiederkommen möchtest, nicht aus freiem Willen, sondern daß dir irgendwas zustößt. Und wie zwei Wochen vergangen gewesen sind, bist richtig nicht dagewesen, bloß ein Brief ist gekommen, in dem ist gestanden, daß es noch länger dauert, weil du eine junge Dame mitbringst. Ich hab' gedacht, er wird am End noch ein spätes Kind vom Onkel Xaver geerbt haben, und weil er nicht damit fertig wird, bringt er's halt mit, weil er denkt, die Marika wird's schon groß kriegen, aber ...«

»Du, jetzt laß mich wieder!« sag' ich und fahr' schnell fort, damit sie mich nicht unterbrechen kann:

»Vergessen hast zu sagen, daß du mir den Majestätischen geschenkt hast. Gefreut hab' ich mich drüber, und gewurmt hat's mich, daß ich dir halt nichts Besseres hab' dagegen geben können als mich selber, und daß ich dir so gewissermaßen auf der Tasche gelegen bin. Ich bin zwar fleißig gewesen, das mußt du schon zugeben, aber wie ein armer Teufel bin ich mir halt doch vorgekommen, so wie der Günstling von einer Fürstin ...«

»Von aner Bettelgräfin, sag lieber«, meint die Ungarische.

»Ja, und wie ich dann vom Onkel Xaver die Erbschaft bekommen hab', da ist auch Geld dagewesen, aber das Häusl ist doch halt verlumpt und verlottert gewesen. Da ist mir zunächst ein großartiger Gedanke gekommen. Ich richte das Häusl her und den Garten, und wann alles fertig ist, nachher soll die Ungarische hierherkommen, damit sie sieht, was meine Heimat ist. Damals hab' ich mich mit dem Lois angefreundet, und wir zwei haben höllisch geschafft. In zwei Wochen ist alles fertig gewesen, und ans Geld ist es gar nicht so arg gegangen, weil der Lois ein findiger Bursch' ist, der sich aufs Herrichten und auf tausend andere Handwerkskünste versteht. Was mach' ich nun mit dem anderen Geld?

frag' ich mich. Geld hat mich noch nie im Leben gefreut, wann's im Kasten oder auf der Bank liegt, immer hab' i's auf'n Schädel g'haut. Diesmal soll es aber für die Ungarische was sein, denk' ich, und ich rat' herum und sinnier', aber weil ich mir dich net mit an Perlenkollier vorstellen kann, mein' ich, daß es was Besonderes sein muß. Ich bin nach Wien und hab' mit dem Leopold beraten. Und der kommt gleich aufs Richtige:

›Was kannst so aner Roßnarrischen andres schenken als a Roß‹, fragt er.

›Jessas, die Deflorata!‹ schrei' ich.

Und am nächsten Tag sind wir zum Ministerium und haben es geschafft, daß ich die Deflorata kaufen kann. Sixt es, Ungarische, und z'wegen der jungen Dame hab' ich halt eine Woche zugeben müssen!«

»A Telegramm hast nachher geschickt, daß du abgeholt werden willst«, sagt die Ungarische, »und wie ich am Bahnhof steh' und nicht vom Wagen herunterkann, weil der Majestätische, den ich zur Feier des Tages angespannt hab', sich noch nicht mit dem Geschirr abgefunden hat, da ist der Zug schon wieder fortgefahren, und die letzten Leut' san ausgestiegen, aber du bist net dabei gewesen. Grad' hab' ich abfahren wollen mit einem Zorn, da bist 'kommen, die Deflorata am Strick, und hast den Hut geschwenkt, weißt, den dunklen, den ich nie hab' leiden können. Der Majestätische muß die Deflorata gleich erkannt haben und sie ihn auch, die Rösser haben gewiehert und die Nasen aneinandergerieben, und wir zwei haben uns erst einen Willkommenskuß geben können, wie die Deflorata neben dem Majestätischen angebunden gewesen und du auf den Bock gestiegen bist. ›Du, die schenk' i dir, Ungarische!‹ hast gesagt, und ganz glücklich hast ausgeschaut.

›Na, du g'fallst ma‹, sag' ich. ›Hast gleich dei' ganze Erbschaft in a'm Roß angelegt?‹

›Stell mich auf'n Kopf, und alles, was mir aus die Taschen fallt, das kannst behalten!‹ sagst du, und ich hab' gewußt, daß du dein Geld genommen hast, um mir eine Freude zu machen, Unheiliger Georg. Nachher hast mir noch erzählt, daß du Hausherr geworden bist und daß ich kommen muß und schauen.

Auf der Heimfahrt haben wir dann gleich den ganzen Plan fürs künftige Leben entworfen. Eine Lipizzanerzucht wollen wir aufmachen, ich werd' schauen, daß wir vom Esterhazy noch eine Stute bekommen können oder daß wir auf der Versteigerung in Bábolna Glück haben und ein gutes Roß erwischen. Der Majestätische und die Deflorata sind doch noch rechte Kinder gewesen mit ihren vier Jahren, mit denen ist noch keine Pferdefamilie zu gründen gewesen. Und dann hast du von uns angefangen, Unheiliger Georg, ob wir nicht selber eine Familie gründen wollen. Sehr gefreut hat mich das, bloß ich hab' net 'glaubt, daß ich mich noch glücklicher fühlen kann, wann ich deine Frau bin, auf dem Papier unterschrieben und mit Stampiglien versehen. Weißt, Unheiliger Georg, hab' ich dir gesagt, wann's so weit is, daß i an Namen brauch' für a Kind, nachher gibst ihm deinen und mir gibst ihn aa, gelt? Aber 's is ja anders komm'n, geh, sei net traurig, Unheiliger Georg, die vierbeinigen Kinder san uns gottlob 'blieb'n!«

Die Ungarische schweigt, und ich richt' ihr das Kinn hoch, damit sie mich anschaut.
»Für a Glück muß ma immer zahl'n, Marika, ungarische«, sag' ich. »G'schenkt kriegt ma nix. Mir ham a Glück mit uns und mit die Rösser, das is so viel, daß halt der Herrgott gemeint hat, wir würden übermütig, wann er uns noch a Kinderglück herschenkt.«
Die Ungarische nimmt meine Hand und legt ihre Lippen darauf.
»A Unheiliger Georg bist«, sagt sie, »und reden kannst wie a Heiliger. I bin schon net unzufrieden. Geh, erzähl weiter!«
»Unsere zwei Lippizanerrösser sind in die Herde gekommen, unzertrennlich sind sie gewesen, der Pferdebub und das Pferdemädl, immer haben sie nebeneinander geweidet, und wenn einer von den Braunen oder Rappen ihnen was gewollt hat, nachher haben sie sich gemeinsam verteidigt. Die Deflorata hat hintenaus gekeilt, und der Majestätische ist hochaufgerichtet auf den Feind losgegangen.
Aber schließlich hat die Herrlichkeit auf der Pußta ein Ende nehmen müssen. Je edler das Roß, desto härter die Schule. Eines Tages hat der Janos den Majestätischen hereinbringen müssen ins Gut, und dann haben wir versucht, ihn zu satteln.
Der Janos hat ihn gehalten, du hast ihm gut zugeredet, daß ihm nichts geschehen soll, und ich hab' ihm ganz behutsam den Sattel hinter den Widerrist gelegt. Ganz geheuer ist dem Majestätischen nicht gewesen, aber weil ihm doch noch nie von Menschenhand Böses zugefügt worden ist, hat er bloß

so ein sonderbares Gefühl wie unsereiner, wenn er sich beim Zahndoktor auf den Stuhl setzen muß.
Dann hab' ich ihm die Gurte ganz sacht angezogen, nur so, daß der Sattel eben hält. Den Zaum hat er gekannt vom Halfter her, bloß das Mundstück, die dicke Trense, ist ihm fremd gewesen. Aber er hat willig das Maul aufgesperrt und sich das kalte Eisen hineinschieben lassen. Eh er's sich versehen hat, ist er gezäumt und gesattelt gewesen, und ich hab' ihn an die Longe genommen und rund um mich herumlaufen lassen. Du hast die lange Peitsche geführt und gesorgt, daß der Majestätische immer auf dem Hufschlag bleibt, und schon am ersten Tag ist es einigermaßen gegangen mit ihm. Bloß manchmal hat ihn der Übermut gepackt, da ist er plötzlich gesprungen, hat versucht, mit mir an der Longe Tauziehen zu machen, und ganz unmajestätisch gegen den Sattel gebockt. Pfui, Majestätischer! hast du dann gerufen, und da hat er sich was geschämt und ist wieder sittsam gegangen, so daß ich ihm nachher hab' sagen können, daß er's brav gemacht hat. Es hat nicht viel Mühe gekostet mit ihm, der Majestätische ist gewissermaßen schon vom Hengst geritten gewesen, er ist schön mit der Nase ein wenig vor der Senkrechten gegangen, und wir haben keine Hilfszügel gebraucht. Bloß einen Kappzaum haben wir uns aus Budapest schicken lassen, damit ich ihn nicht einmal aus Ungeschick hart im Maul reiße, wenn er an der Longe geht.
Eines Tages hast du gesagt, daß ich ihn reiten soll, stark genug ist er gewesen und vertraut mit allem, was so beim Roß zum Reiten gehört.
Ja, und da haben wir es also gewagt. Du hast ihn gehalten,

und der Janos hat mich in den Sattel gehoben. Ganz leise und tastend wie einer, der sich im Dunklen just auf was setzen will, von dem er glaubt, daß es ein Stuhl ist, ein wackliger, hab' ich mich in den Sattel niedergelassen.
Und dann sind wir auf alles gefaßt gewesen. Aber der Majestätische steht ganz ruhig. Ich klopf' ihm den Hals und sag': ›Sixt es, das wär überstanden! Brav bist, Majestätischer!‹
Er hat geschnauft, und damit er in guter Stimmung bleiben soll, hast du ihm einen Zucker geben wollen, den ersten Zucker seines Lebens. Das ist ihm sehr fremd im Geschmack gewesen, aber du hast ihm das Stück mit Engelsgeduld ins Maul zurückgegeben, sooft er's hinausgeschoben hat. Mittlerweise ist der Zucker gelöst gewesen, und auf einmal merk' ich, wie der Majestätische Luft holt. Ich nehme die Zügel an, und da speit er dem guten Janos doch den ganzen Zuckersaft ins Gesicht, daß dem gleich die Augen und der Schnauzbart verpickt sind.
Und dann geht er ab mit mir, der Majestätische, in tollen Sprüngen, daß ich mich in die Bügel stellen muß, damit ich ihm nicht ins Kreuz falle. Du wirst an der Longe mitgezerrt, und schließlich ist es ein Glück, daß der Karabinerhaken aus dem Kappzaumring springt. Wir zwei gehen zum Tor hinaus und heidi! in die Pußta hinein. Jetzt bockt er nicht mehr, sondern geht seinen schnellsten Galopp, den er kann. Auf keinen Zügel, auf keinen Schenkel spricht er an. Es läßt sich nicht mehr leugnen, der Majestätische hat den Kopf verloren, er geht durch.
Aber ich hab' Zeit, von mir aus soll er laufen bis ans Ende der Welt, nachher wird er schon müde sein, doch dann muß

er wieder heim, und zwar so schnell, wie er vorher davongegangen ist. Dann wird ihm der Geschmack am Durchgehen schon wegbleiben.

Nach einer Zeit findet er sich auch wieder und besinnt sich drauf, daß es ein Unfug ist, so die guten Kräfte zu vergeuden. Sie werden auch allmählich knapp, die guten Kräfte, die Sprünge werden kürzer, er galoppiert bloß noch hinten, vorn trabt er schon, und schließlich bleibt er stehen und schüttelt den Kopf.

›A rechter Depp bist, Majestätischer!‹ sag' ich zu ihm und klopf' ihm den Hals. Er versucht, sich nach mir umzuschauen, mich hatte er wohl in seiner Kopflosigkeit ganz vergessen, nur das Gewicht ist ihm ungewohnt gewesen und der Zucker.

Aber lange lass' ich ihm nicht Zeit zum Verschnaufen, bis jetzt ist er selber gelaufen, nun will ich heimreiten. Und so muß er antraben, wie er es an der Longe gelernt hat, und damit es ihm leichter wird, lasse ich ihn bald galoppieren. Aber schon will er stehenbleiben und wird kürzer, doch da drükken ihn meine Schenkel wieder vorwärts, und allmählich geht ihm wohl ein Licht auf, daß ihn die Schenkel unterstützen und nicht ärgern wollen. Müde wie er ist, lümmelt er sich aufs Gebiß und sucht sich dort ein fünftes Bein. Aber weil ich in der Hand nachgebe und ihn leise wieder annehme, kommt er ganz von selber leicht an den Zügel und fängt an, auf dem Gebiß zu kauen. Und damit er merkt, daß er's gut gemacht hat, sitz' ich ab und geh' mit ihm die halbe Stunde zu Fuß in den Gutshof zurück. Du, Ungarische, hast am Tor hinter uns hergeschaut, und wie wir wohlbehalten daherkommen, lachst du, weil dir ein Stein vom Herzen fällt. Und dann gibst ihm noch ein Stück Zucker, weil du sehen willst, ob er nicht etwa sauer geworden ist und lebensmüde, und der Majestätische nimmt es willig und kaut. Wahrscheinlich meint er, daß Zucker zur Reiterei gehört, er wird halt Geschmack dran finden wie ein junger Mann am Rauchen. Leider hat er sich so an den Zucker gewöhnt, daß er jetzt jeden ganz unmajestätisch darum anbettelt.

Freilich ist ihm das Reiten in den nächsten Tagen sauer geworden, denn da ging's nicht mehr hinaus auf die Pußta, sondern immer rundum auf dem Sandplatz im Gutshof. Damit er nicht wieder Gelüste bekommen sollte, durchzugehen oder sich seiner lieben Last zu entledigen, hat der Janos immer die Longe gehalten, und mit der Zeit ist der Majestätische das zuverlässigste Reitpferd geworden, das sich einer wünschen kann. Empfindlich ist er freilich gewesen, leicht gekränkt, und ich habe selber lernen müssen, mit ihm umzugehen. Einen Schlag mit der Gerte hat er nicht mehr vergessen wollen, als ich ihm damit die nötige Aufmerksamkeit abgezwungen habe. Er hat sich nicht gewehrt gegen mich, hat nicht gebockt, sondern mich gleichsam mit Verachtung gestraft. Mit dir, Ungarische, freilich, hat er's gehalten, dir hat er mit dem samtweichen Maul die Wange gestreichelt, über mich hat er hinweggesehen, als ob ich sein Reitknecht wär. Aber lang ist das nicht gegangen. Wenn wir hinausgeritten sind in die Pußta und bei den Rinderhirten über Nacht geblieben sind, da ist er neben mir gelegen und hat mich morgens in der vertrauten Weise geweckt.

Deflorata ist um diese Zeit im Gig gegangen und hat mit

zierlichem Kniebug die Beine gesetzt. Sie hat auch schon verliebt getan zum Majestätischen, aber der hat noch nicht gewußt, daß er ein Hengst ist, der reine Tor.
Einmal ist Ferencz, der früher in der Spanischen Reitschule in Wien gewesen ist, aus Budapest herübergekommen. Und wie er den Majestätischen geritten hat, meint er, den sollten wir doch als Schulpferd ausbilden lassen.
Wenn der Leopold den Majestätischen in die Schule nehmen würde, nachher könnte ich mein eignes Pferd nicht wiedererkennen. Zu leicht tät ich ihm die Arbeit machen, meint Ferencz, bei mir würde er nicht weiterkommen, jedenfalls kein Künstler werden.
›Gut‹, sag ich, ›lass' ma'n halt studier'n!‹
Schlecht hat er mir das gedankt, der Majestätische! Der Ferencz sagt zu mir, ich soll aufsitzen und der Janos soll mit der Peitsche knallen, damit dem Majestätischen das Blut stärker durcheinanderkommt, dann soll ich einmal sehen, was für ein Pferd ich zwischen den Schenkeln habe, da wird er von allein, vor lauter Aufregung, Spanischen Tritt gehen. Leider hat sich der gute Janos in der Länge der Peitschenschnur geirrt. Er knallt und brennt dem Majestätischen aus Versehen eins hintenauf. Der steigt und bockt, und langsam such' ich mir ein Büschel Mähnenhaar zusammen zum Festhalten, damit ich ihn nicht im Maul reiße. Und aus den Bügeln tret' ich auch heraus. Der Ferencz springt zu und will den Majestätischen beim Zügel fassen, der stemmt die Vorderbeine ein, daß ich ihm auf den Hals rutsch, aber im gleichen Augenblick tut er einen Satz auf den Ferencz zu. Ich bekomm' einen Ruck nach rückwärts, gleit' aus dem Sattel,

schlag' erst mit der Hinterhand auf und nachher mit dem Schädel, und da ist's, als ob mir einer im Hirn das Licht ausdreht.

Nachher hab' ich mich auf einem Woilach unter dem alten Baum auf dem Hof liegend klatschnaß bis zur Brust vorgefunden. Den ersten Blick tu' ich in deine Augen, Ungarische, und da läßt es sich leicht lächeln, wenn einem auch der ganze Knochenbau brummt. Den Woilach hast du mir geholt und mich schön draufgelegt, zwei Kübel Wasser hat mir der Ferencz über Schädel und Brust gegossen, damit ich wieder aufwachen soll. Geradezu rührend besorgt seid's um mich gewesen!«

»Spott du nur!« sagt da die Ungarische. »A Angst hab' i um dich ausg'standen! Wie du aufg'schlagen bist, nachher hab' i gefürchtet, daß es nimmer gut werden kann. Lieber Gott, hab' i mir denkt, grad' hast ihn mir gegeben, da nimmst mir ihn schon wieder! Laß ihn net hin sein!«

Da schämt sich die Ungarische, daß sie sich so tief hat ins Herz hineinschauen lassen, und sagt:

»Aber bittschön, erzähl weiter!«

»Ja, das Haarbüschel aus der Mähne vom Majestätischen hab' ich noch in der Hand gehabt, und nachher bin ich hochkraxelt.

›Du‹, sag' ich, ›i moan, i hab' mir die ganze Kruppen verbogen!‹

Da hast mich gleich ins Bett schicken wollen, aber ich hab' erst zum Majestätischen gehen müssen, damit er weiß, daß zwischen uns keine Feindschaft ist. Ich glaub', es hat ihn selber gejammert, wie ich dahergehinkt gekommen bin, und er

ist mir mit dem Maul über die Wange gefahren und hat sich den Kopf an meinem Ärmel gerieben. Der Ferencz freilich hat gemeint, daß er den Zug nach Budapest noch haben muß, und der Janos, der geschworen hat, daß er sich gehängt haben würde, wenn der Herr Leitnant beim Teifl gewesen wär, hat gleich anspannen müssen.
Nachher haben wir uns meine Kruppe beschaut. Ein Bluterguß ist mir da im Kreuz gesessen, so groß wie ein Kuchenteller. Und wie du hast massieren wollen, hat es sich noch herausgestellt, daß er verschiebbar ist. Da hast auch noch gelacht, einfach herzlos gelacht, Ungarische.«
»Bloß damit du wieder an Lebensmut kriegen sollst. Hast nämlich net schlecht gestöhnt, wie i dir drankomm'n bin!«
»A Mordsgaudi hast g'habt, daß die G'schwulst sich so schön hat schieben lassen! Und dann hast am gleichen Tag noch dem Leopold geschrieben, ob wir den Majestätischen zu ihm in die Schul' schicken können. Lang hat es gedauert, bis er geantwortet hat. Wir können ihn also bringen. Weil er ein Lippizaner ist, darf er sogar in die Spanische Reitschule gehen. Und wir sollen bald kommen, er möcht' wieder amal mit uns zum Heurigen gehen. Aber so einfach ist das nicht gegangen mit dem Fortkommen, da hat der Janos erst genau unterrichtet werden müssen, was er alles für Pflichten hat als Gutsverwalter, und du hast gemeint, wenn ihm noch eine Frau dabei helfen könnte, nachher wär's leichter. Der Janos hat gesagt, da wäre Rat zu schaffen, es hätte ihn da gerade wieder in Kecskemét ein Mädchen angelacht, das er gut kennt. Wenn es gut einschlägt, will er's heiraten, aber erst muß er sehen, was das Mädchen wert ist bei

der Arbeit und sonst auch. Das Mädchen hat er gleich am nächsten Morgen geholt, und du hast mit ihr gesprochen und gemeint, die könnte schon richtig zum Janos passen. Also sind wir beruhigt abgereist. Wie der Istvan, der Knecht, den Majestätischen hinausgeführt hat, ist er am Laufstall vorbeigekommen. Da hat Deflorata herausgeschaut und ihm dunkeltönig nachgewiehert. Aber der Majestätische hat ihr keine Antwort gegeben...«
»So san s' halt, die Mannsbilder«, sagt die Ungarische. »Wann die nur fortkönnen, nachher vergessen s' auf alles!«
»Da hätt' ma wieder ja an wunderbaren Satz als Abschluß, Ungarische!« meine ich und gähne.
»Wannst an Schlaf hast, nachher gemma, gemma!« sagt sie.
Oben in der Kammer brennt das Licht am Plafond nicht, weil ich die Birne zur Vorsicht herausgeschraubt habe.
Ich meine, daß wir eben im Dunkeln schlafen gehen werden, die Leuchter auf den Nachtkasteln brennen nämlich auch nicht.
Aber die Ungarische besteht darauf, daß Licht brennen muß, es wäre eben eine verlotterte Junggesellenwirtschaft bei mir, und eh ich's hindern kann, kraxelt sie hinauf auf die Betten und dreht die Birne hinein. Gleich sieht sie natürlich das Taferl mit dem unfrommen Spruch drauf.
Sie schüttelt den Kopf und fragt:
»Sag, die Polster hast do net aa noch mit Sprüch' inzwischen bestickt? Euch hat's mächtig mit eure Sprüch'! Und aaner is immer schlimmer als der andere. Na, so was! A Engel im Bett!«
»Bittschön, wannst willst, dann im Himmelbett, Ungari-

sche, weil die Engerln doch im Himmel...«
»Na, dir werd' i schon kommen, Hallodri! Mit solche unmoralische Sprüch' kannst mi net betör'n!«
Dann wirft sie mir sämtliche Polster an den Kopf, und ich werf' sie wieder zurück. Auf einmal fangen die Federn an zu fliegen, da tut's der Ungarischen gleich leid um die schönen Daunen.
Ich kriege das gerissene Kopfpolster entzogen und soll schaun, wohin ich mein müdes Haupt bette!
Aber als wir nachher beim Einschlafen sind, drückt mich die Matratze doch zu arg am Kopf. Ich rück' zur Ungarischen hinüber.
»Gib ma a Stückl Polster, mei' Engerl!«
Sie muß sehr müd sein, denn sie macht mir Platz und murmelt:
»Engerl! Wo i so viele Fehler hab'!«

Der Lois und ich sind im Sommer die meistfotografierten Männer, wie's heißt, im ganzen Umkreis. Die Weide, auf der wir das Gras mähen, liegt dicht beim Waldweg, auf dem die Sommergäste sich so gern ergehen.
Wenn wir nachher so beim Mähen sind, sagt der Lois oder sag' ich: »Du, da kummt wieder aaner!«
Sogleich halten wir ein, und der Lois wetzt sein Sensenblatt mit dem Stein, inzwischen schau' ich nach dem Wetter, so recht malerisch mit der Hand über den Augen. Einer schielt dann hin, und wann der oder die Zugereiste die Kamera schußfertig macht, nachher bleiben wir erst recht wie die Standbilder.
Auf diese Weise sind wir schon einmal ins Bauernblatt geraten, drunter ist gestanden, daß wir die Abkömmlinge sind von einem kernigen Geschlecht, und der gewöhnliche Unsinn von den aus Holz geschnitzten Gesichtern war natürlich auch dabei.
Wenn wir mit dem Majestätischen vorm ausgeliehenen Karren Grünfutter schneiden fahren, nachher schließen wir erst eine Wette ab, auf wieviel Fotos wir's heute wohl bringen werden. Aber wir bleiben meist unter unseren Erwartungen.
Wenn die Sensen durchs Gras sirren, dann pfeifen wir uns eins, oder wir reden miteinander, wenn halt was vorliegt, was wir zwei unter uns allein auszumachen haben.
»Du, i moan, i krieg' ihn sehr guat, den Heiligen Georg!« fängt der Lois an.
»Genug Fotografien hast ja g'macht! Wie a Sommergast hast

drauflos 'knipst!« sag' ich. »Hast dem Pfarrer schon was 'zeigt?«

»Naa, aber ums Haus streichen tut er mir wie ein Fuchs um den Gansstall. I zeig's aber doch erst her, wann alles fertig is!«

»Hoffentlich kommst zum End', eh i wegfahr' mit der Ungarischen und dem Hengst!«

»I moan scho«, sagt der Lois. »Du 's kummt wer!«

Sofort schau' ich nach dem Wetter aus, und der Lois wetzt die Sense. Nachher lugt er zum Himmel, und ich wetz', weil mein Blatt es diesmal wirklich nötig hat.

»Fertig!« sagt der Lois. »'s hat 'knipst!«

Und so arbeiten wir wieder weiter.

»G'spannt bin i schon, was sie sag'n wer'n zu meinem Heiligen Georg, der a weibliches Wesen im Sattel hat«, meint der Lois.

»I fürcht', daß bei dir was sehr Sinnliches 'rauskomm'n is!« sag' ich.

»Aber was!« beruhigt mich der Lois. »A Heiligkeit schwebt um euch drei Holzköpf', daß man schon vom Hinschaun fromm wird. I glaub' gar, i verdien' ma die ewige Seligkeit damit... So a Saudreck, so a verfluchter...«

Der Lois hat noch weiter im Anschluß an die ewige Seligkeit geflucht, daß man es gar nicht aufschreiben kann, aber er hat einen Grund gehabt, das muß alle Welt einsehen. Er hat sein Sensenblatt auf einen heimtückisch im Gras liegenden Stein gehaut, und nun schaut's aus wie eine alte Sägen.

»Gift' di net!« sag' ich. »I wollt' eh schon aufhör'n!«

»Hätt'st es früher g'sagt, nachher wär i nimmer an den

Stein komm'n, den elendigen, den...«

»Ah, laß mi aus!« sag' ich und ruf' den Majestätischen, damit er herüberkommt mit dem Wagen zum Aufladen. Das Gras ist nicht für ihn, sondern für die drei Ziegen von der Mirl, die man nicht auf die Weiden geben kann, weil sie durchbrennen samt Strick und Pflock.

Der Majestätische hat sich einen Grasbauch angefressen, daß er kaum mehr in den Gurt paßt, und wie wir aufgeladen haben und heimwärts fahren, kommt wieder so eine Sommerfrischlerin.

Der Majestätische hatscht daher, den Kopf läßt er hängen, sogar die Ohren, und wir zwei sitzen auf dem Gras, just wie sich die Stadtleut' für gewöhnlich heimkehrende Bauern vorstellen. Ich halt' die Leine in den Arbeitspratzen, so recht müd, daß sie fast schleppt, und der Lois hat die Sensen im Arm und raucht aus einem Trumm von Tabakpfeifen gewaltige Dampfwolken.

Ab und zu schaun wir mißtrauisch nach dem Wetter.

»Ha, Lois«, sag' ich, »da kimmt was!«

Und dann halten wir dicht bei der Sommerfrischlerin.

»Damlicher Hund, was sagst?« fragt der Lois.

»Do kimmt was, Lackl!« wiederhol' ich.

»I moan, es kimmt nix!«

»Aber i maan, ja! Und wannst no amal sagst, 's kimmt nix, nachher pick' i dir aane!«

Jetzt wartet die Sommerfrischlerin, daß wir raufen werden.

»Als ob schon amal von dera Seit'n was kemma wär!« höhnt der Lois.

»Im achtziger Jahr is es aa von da drüben komm'n!« sag' ich

und füg' hinzu, daß es dem Sepplbauern pfeilgrad ins Häusl eingeschlagen hat mit dem Blitz.
Worauf der Lois kernig erklärt, daß der Sepplbauer auf einem Häusl gehockt ist, wo der Mensch gern seine Ruh hat.
Und dann wendet sich der Lois an die aufmerksam lauschende Sommerfrischlerin, die oben aus dem Norden gewesen ist, und sagt mit glänzenden Augen:
»Des hätten S' sehn mög'n, wie der Sepp da mit da Hos'n in der Hand durchs Dorf g'rennt is und 'brüllt hat, ihm wär a Blitz hint' einig'fahrn!«
Die Nördliche hat ihn bestimmt nicht verstanden, denn sie lacht, was hierauf keine Dame tut.
Dann fragt sie, wie's Wetter wird. Ob's gut wird? Dann bleibt sie noch acht Tage.
»Für die nächsten acht Tag'?« sag' ich. »Sehr minder! Sehr minder!«
»Fahr ab, narrische Fuchtl!« grunzt der Lois neben mir.
Und damit die Sommerfrischlerin nicht denken soll, daß es ihr gilt, ruf' ich dem Majestätischen halt zu, daß er anziehen soll.
Ob sie nicht mitfahren kann ins Dorf, weil ihr die Füße so weh tun? fragt sie.
»Bittschön!« sag' ich.
»G'schnecklate Füeß ham S', des hab' i glei' g'sehn!« sagt der Lois. Und wo sie wohnt? fragt er noch.
Beim Herrn Schwaiger, sagt sie, wohnt sie.
»Do san S' beim Richtigen!« meint der Lois, und ich stoss' ihn so auffällig in die Rippen, daß die Nördliche es sehen muß.

Was wir denn damit meinen? fragt sie.
»A ganz G'hauter is er halt! Vor dem is kaa Weibsbild net sicher!« klärt sie der Lois auf.
»Sperr'n S' nur guat zua!« sag'. ich, damit ihr richtig die Ganslhaut kommt.
»Aber i will nix g'sagt ham! Gar nix will i g'sagt ham!« meint der Lois.
»I aa net!« sag' ich.
Nachher schweigen wir eine Weile. Auf einmal fängt der Lois ganz neuhochdeutsch daherzureden an. Ob ich meine, daß er lieber ein Temperafarbe nehmen soll für das Bild, das er im Auftrag der Regierung malt, und was ich von der Perspektive halte und von der Komposition.
Ich erwidere, daß der Michelangelo immer die Perspektive mit der Komposition in die rechte Harmonie gebracht hat. Und daß der Lois ein dilettantischer Ignorant wäre, wenn ihm das nicht auch gelingen sollte.
Die Nördliche vergißt vor Erstaunen, den Mund zuzuklappen.
»Ach, die Herren sind eingeborene Künstler?« fragt sie.
»Was sagt's?« fragt der Lois mich. »Ob mir Eingeborene san, Hottentotten, Kaffern? Und Kinstler? Ja, Hungerkinstler samma, wamma nix z' fressen ham! Und no aans sagst ihr! Daß es an Mordsspektakel gibt, wann unsere Fraun sehen, daß mir a fremdes Weibsbild am Wagen ham!«
Ich hab' das der Nördlichen gar nicht erst ausdeutschen müssen.
Gleich hat sie darauf bestanden, daß wir halten und sie absteigen lassen. Nichts haben wir lieber getan als das! Aber

wie sie herunter ist, ruft sie uns doch nach, daß wir rechte Lümmel wären.

»Sixt es«, sagt der Lois. »Undank is der Welt Lohn.«

Wie wir der Mirl und der Ungarischen, die grad' drüben ist, unser Abenteuer genau berichten, meint die Ungarische, daß die nördliche Dame ganz recht gehabt hätte.

Der Pfarrer hat jeden Tag nachgefragt, wie es steht, ob er das Büchl noch nicht zurückbekommen kann. Erst hab' ich ihm vorgelogen, daß die gnädige ungarische Frau Gräfin noch drin liest, und da hat er gesagt, daß er in den Boden sinken müßte. Aber getan hat er's nicht, sondern ist am nächsten Tag wiedergekommen und hat mit mir geschimpft, weil er gewußt hat, daß es beim Lois ist. Die Mirl hat es ihm gesagt.

»Hol's dir halt beim Lois, Pfarrer!« rat' ich ihm.

»Naa, dir hab' ich's g'liehen, von dir will i's aa z'ruckham!« versteift er sich.

»Also, von mir aus kannst mich beim Fürsterzbischöflichen in Salzburg einklagen! Hol dir's vom Lois!«

Von Salzburg will er nichts wissen, danach ist das Buch ganz und gar nicht. Arg g'nötig hat er's wegen der fünf Sprüch', die zwar nicht ganz moralisch, aber doch halt volkstümlich sind!

Das wäre noch eine ganze Zeit so weitergegangen, wenn sich nicht die Ungarische, die etwas aufgeschnappt haben muß, eines Tages ins Mittel legte. Sie geht hinüber zum Lois, entreißt ihm das Büchl und gibt's dem Pfarrer.

Dazu sagt sie ihm, daß er so unmündigen Buben nicht wieder solche Bücher leihen soll. Und der Pfarrer geht davon, ein geschlagener Mann, und denkt, daß die ganze Welt nichts taugt, weil ihm jetzt sogar die Ungarische ironisch kommt.

Die Ungarische ist noch auf den Abend leicht ungleich gestimmt gewesen. Ob ich nicht endlich weitererzählen möchte, oder ob ich denke, daß es bis auf den Jüngsten Tag dauern soll? Ich soll nun endlich mal ein ordentliches Stück hinter mich bringen und nicht immer Geschichten im Dorf machen!

Da hab' ich gleich angefangen zu erzählen, als ob mir's einer bezahlen würde.

»Ja, also, wie wir mit dem Majestätischen nach Wien gekommen sind, da ...«

»Sei net so sprunghaft!« unterbricht sie mich. »Wie samma denn hinkomm'n?«

»Richtig! Im Waggon samma g'fahr'n mit 'm Majestätischen!«

»Na also! Erzähl weiter!«

»Also, wann mir einer dauernd zwischen die Red' fahrt, nachher komm i gar net vom Fleck!« sag' ich, und weil sie nichts drauf erwidert, fahr' ich fort:

»Der Leopold hat nun den Majestätischen in die Lehr' genommen und gleich am ersten Tag erklärt, daß unser Hengst überhaupt erst einmal ein Roß werden muß. Kein gutes Haar hat er an ihm gelassen, und alles ist auf mich zurückgefallen. Aber wie ich so traurig dreingeschaut habe, hat er doch gesagt:

›Schau net so blöd! Wer verliebt is, der is immer a schlechter Lehrmeister! Du wärst der erste, der a Ausnahm' macht!‹

Also jedenfalls hat er mit dem Majestätischen ganz von vorn angefangen. Der ist an die Longe gekommen, und da hat er wirklich einen eleganten Trab gelernt. Uns beiden hat der Leopold gesagt, daß wir den Majestätischen bloß stören, wann wir jeden Tag kommen und ihm zuschauen, und ihn, den Leopold, stören wir auch. In sechs Monaten könnten wir wiederkommen! Damit täten wir an ihm und dem Majestätischen ein gutes Werk.

Da sag' ich zu dir, daß wir halt auf mein Besitztum reisen sollten. Wie ich Besitztum gesagt hab', hast so lieb gelächelt wie heut den ganzen Tag noch nicht, Ungarische ...«

Da tritt sie mir auf die Zehen und lächelt lieb und zwinkert mir zu, daß ich weitererzählen soll.

»Und wir wir nachher mit dem Bummelzug angekommen sind, hat uns der Lois mit dem alten ungefederten Karren, den er sich vom Posthalter ausgeliehen, und einem Gaul, der ausgeschaut hat, als ob er an der Auszehrung leidet, von der Station abgeholt.

Den Gaul hat er einem Krämer in Salzburg abgekauft, sagt der Lois, rein aus Mitleid, damit der Kramp'n in gute Hände kommt.

Ich schau' dem Gaul ins Maul, und du schaust mit und sagst, daß du so einen Methusalem von Roß nimmer gesehen hast. Wir möchten da lieber nicht auf den Wagen steigen, der Lois soll auch herunter, grad unsere zwei Koffer haben fahren dürfen. So sind wir zu Fuß ins Dorf gefahren, und wann der Weg nur ein wenig Steigung gehabt hat, nachher hast die Zügel selber geführt, und ich hab' mit dem Lois schieben müssen.

›Du, Lois, der hat ja überhaupt kan Zahn mehr im Maul!‹
›Des woaß i schon!‹ sagt der. ›Die Mirl macht ihm immer an Brei!‹
›A guter Mensch san S'!‹ hast zum Lois gesagt, Ungarische!«
»Des wiederruf' i hitzo!« sagt sie da. »Und du taugst aa nix!«
Weil ich nicht gern so von mir reden hör', bin ich gleich fortgefahren:
»Natürlich hat das ganze Dorf gewußt, daß wir kommen, weil ich dem Lois telegrafiert hab' und der Posthalter daher auch alles gewußt hat.
Wie wir ankommen, stehen sie alle vorm Haus, auch der Herr Pfarrer ist da und begrüßt uns, weil er auch gern hat erfahren mögen, was ich da für eine Ausländische mitbringe. Dann hab' ich dich über die Schwelle getragen, direkt ein Ansatz zur Hochzeit ist's gewesen. Das hat der Pfarrer auch gedacht, und nachher ist er gekommen und hat gefragt, ob du schon ein Quartier hast. Du könntest bei ihm im Fremdenzimmer logieren. Da haben wir zwei gelacht, und du hast gemeint, daß du halt beim Unheiligen Georg bleiben wirst. Wer das denn ist? fragt der Pfarrer. Du zeigst auf mich, und er schneidet ein Gesicht, als ob er auf ein Pfefferkorn beißt. Aber schlucken hat er's halt müssen!
Am nächsten Tag hast gleich das Haus eingerichtet. Kein Stück Möbel ist an seinem Platz stehengeblieben, und wie alles mindestens zweimal geändert gewesen ist, hast gesagt, daß es jetzt erst richtig gemütlich wär.
Und gleich hast mit dem Alpinum angefangen, das Schwarze bist überhaupt nicht losgeworden unter den Fingernägeln, und der Lois und ich haben in die Berge kraxeln müssen, da-

mit du einen echten Gebirgsenzian bekommst und ein Edelweiß, das wir aber nicht selber geholt, sondern in Salzburg gekauft haben, weil der Lois mich überzeugt hat, daß es eine Sünde ist, sich wegen so einem Alpinum den Hals zu brechen!«

»So a Schuft, so a ausg'schamter!« sagt die Ungarische. »Macht weiter, g'spannt bin i, was i da so noch erfahr'!«

»Nix, Ungarische, des is ma bloß so außag'rutscht! Es hat also keine drei Tage gedauert, da bist im Dorf heimisch gewesen, als hättst immer hier gelebt. Mit dem Pfarrer hast das Schachspielen angefangen, die Mirl hat von dir die ungarischen Gericht' kochen g'lernt, der Lois ein gutes Benehmen, und den Männern im Dorf ist ein Licht drüber aufgegangen, daß eine Gräfliche eine liebenswürdige Frau sein kann, gar nicht herrisch und nichts. Daß sie sich sogar einen Enzian zahl'n läßt, wann einer seine ganz besondere Hochachtung hat zum Ausdruck bringen wollen durch eine Einladung zum Rößlwirt. Wie sie nämlich herauskriegt haben, daß du dich auf die Pferde verstehst, nachher sind sie einer um den anderen gelaufen gekommen und haben gewollt, daß du nach den Stuten schaust oder nach den Fohlen, bis ich ihnen erklärt hab', daß es jetzt Schluß ist mit den Roßkuren, bei denen es ihnen nicht auf die Pferde ankommt, sondern auf die Frau Gräfin.

Die Zeit ist uns damals rasch vergangen, aber nach vier Monaten, da haben wir halt doch eine Sehnsucht gehabt nach dem Majestätischen. Und eines Tages haben wir uns zusammengepackt und sind nach Wien gefahren. In die Spanische Reitschul' haben wir uns als ganz einfache Zuschauer hin-

eingeschlichen am frühen Morgen. Draußen hat es gottlob geregnet, daß der Leopold den Majestätischen hat in der Reithalle arbeiten müssen. Da sind wir oben gestanden auf der Galerie, und der schöne, weiße Barockraum hat uns wieder so verzaubert gehabt, wie es immer gewesen ist. Bloß das Schnaufen der Pferde ist zu hören gewesen und dann und wann ein Zuruf, jeden Tritt hat der weiche Boden aufgesaugt, und unseren feinen Nasen ist der gute Geruch der Pferde ein rechter Genuß gewesen, daß wir nicht bloß geschaut, sondern auch geschnuppert haben. Endlich hat sich der Leopold den Majestätischen bringen lassen. Gut ist er gegangen unter ihm, einen schönen Spanischen Tritt hat er gekonnt, aber du hast mir doch zugeflüstert:
›Du, er g'fallt mir net!‹
Und ich hab' den Kopf hin und her gewiegt und hab' geschaut, was du wohl meinst.
Dabei hab' ich mich zu weit vorgebeugt, der Leopold hat heraufgeschaut und mich erkannt. Gleich hält er an und winkt, daß wir herunterkommen sollen.
Der Majestätische hat sich nicht halten lassen, samt dem Leopold ist er auf uns zugekommen, und man hat's ihm angesehen, daß er sich freut, weil wir bloß wieder da sind.
Der Leopold steigt herunter und sagt, daß er keine rechte Freud' hat am Majestätischen. Nicht, daß er faul ist oder widerspenstisch, melancholisch ist er einfach. Eine Art Heimweh scheint er zu haben. Ja, den Leopold haben sie nicht umsonst den Professor genannt, der hat seine Pferde nicht bloß geritten, der hat ihnen auch immer im Gemüt geforscht. Und seine Meinung beim Majestätischen ist gewe-

sen, daß er aus lauter Liebe durch uns verdorben ist. Die Mechanik der Gänge und Touren der Hohen Schule hat er gelernt, aber jetzt ist er halt an einer Stelle, wo es nicht weitergeht mit ihm, weil er nun selber eine Liebe zur Kunst zeigen muß. Und wenn einer traurig ist, nachher wird es nichts mit der inneren Fröhlichkeit, die jede Kunst braucht.
›Aus dem habt's ihr fast an Menschen g'macht!‹ sagt der Leopold. ›Schau zu, daß du ihn selber weiterreitest.‹
Das soll nicht heißen, daß er den Majestätischen aufgibt, gewiß nicht, und wenn er ihn ein Jahr behält, daß er uns vielleicht vergißt, dann bringt er ihn schon zurecht, aber jetzt hat er dienstlich so viel Pferde zu reiten, weil sie ihm wieder ein paar zugeteilt haben, mit denen die anderen keine Freude haben – also der Leopold hat es gut gemeint mit dem Majestätischen und gesagt, daß wir ihn wieder nehmen sollen. Freilich, die weite Pußta ist er gewohnt gewesen, und nun hat er leben müssen wie ein Mönch. An die Außenwelt ist er bloß gekommen, wann sie ihn unterm Schwibbogen über die Reitschulgasse aus dem Stall in die Bahn geführt haben.
›Sixt es‹, sagst du, ›i hab's gleich g'merkt, daß er was hat, der Majestätische!‹
Und ich habe einen Zorn, daß er sich so anstellt mit seinem Gemüt und daß er dem Leopold einen Ärger macht. Da hat der Leopold gemeint, daß er ihn noch einen Monat behalten will, aber wir sollen bei der Arbeit zuschauen, vielleicht, daß er sich geirrt hat seinerzeit, daß wir ihn nicht stören, sondern ihn gut beeinflussen, wenn wir nur da sind.
Nun ist eine Zeit gekommen, wo wir die halben Tage in der Spanischen zugebracht haben. Weißt noch, daß wir sogar

eine ganz besondere Stiege gehabt haben, die von der Sommerreitschul hinauf zur Galerie an der Hofloge führt?«
Die Ungarische nickt, als wär sie eine Großmama, die in uralten romantischen Erinnerungen schwelgt, und sagt: »Ja, ja, i woaß schon, dunkel war's da, und Kußstiegen hammas halt g'nennt!«
Ich nickte wie der dazugehörige, zahnlose Greis und murmel: »A schöne Zeit war's halt! Aber laß ma's, 's macht bloß traurig! Traurig g'nua ist's schon mit dem Majestätischen gewesen. In den Pilaren hat er sich angestellt, als ob sie ihn hängen wollen, und keine ordentliche Piaffe hat er gezeigt, einmal hat er immer kicksen müssen. Entsinnst dich auf den Neapolitano Bionda vom Professor, der alle Künste der Hohen Schule am langen Zügel ausgeführt hat, eine Levad' dazu? Wann wir dem zugeschaut haben, nachher hast du oder ich immer gesagt, daß unser Majestätischer es nie so weit bringen wird, weil halt der seelische Kontakt gestört ist zwischen dem Professor und dem Majestätischen, und wir sind allein dran schuld gewesen, daß wir ihn gehalten haben, als ob er unser Sohn ist und nicht unser Pferd bloß. Und so haben wir ihn eines Tages wieder verladen, der Leopold ist ganz traurig gewesen und hat sich immer wieder gefragt, ob es vielleicht doch nicht am Pferd, sondern an ihm gelegen ist? Daran, daß er so gedacht hat, ist es schon klar gewesen, was er für ein großer Meister ist.
Diesmal hat er allein reisen müssen, der Majestätische, in seinem Waggon, aber wir Deppen haben doch Angst genug ausgestanden, daß er gut ankommt und ihm nichts mangelt auf den paar Stunden Fahrt.

Auf dem Gut haben wir ihn dann wieder unter die Pußtapferde gesteckt – zur Strafe, haben wir gesagt. Aber der Hallodri hat sich dort so wohl gefühlt, daß es nimmer eine Strafe gewesen ist. Damit er wenigstens zu etwas nütze sein soll, hab' ich ihn jeden Tag geritten. Vielleicht wird wenigstens ein Springpferd aus ihm, hast du gemeint, und gut und willig ist er über die Hindernisse gegangen. Da hat es sich doch gezeigt, wie gut sie gewesen ist, die Schule beim Leopold in Wien, aus biegsamen Hanken hat der Majestätische springen können; auch wann er die rechte Stelle zum Absprung verfehlt hat und zu nah ans Hindernis herangekommen ist, wo jedes andre Pferd verweigert hätte, hat er sich aus den biegsamen Gelenken der Hinterhand aufgeschnellt und mich hinübergebracht.«

»Sixt es!« unterbricht die Ungarische. »Wie ich euch damals hab' springen sehen ...«

»... hast gesagt, daß er ein Levadeur werden muß ...«

»Weil er stark ist und so geschmeidig in der Hinterhand!« entreißt sie mir wieder das Wort.

»Bittschön, wer erzählt hier? Du oder i?« frag' ich.

»Du schon! I wollt' dich halt bloß vor dem Irrtum bewahr'n, daß du allein die Fähigkeiten erkannt hast vom Majestätischen!« sagt sie mit ihrer Liebenswürdigkeit, mit der sie mir die schlimmsten Sachen so zubereitet, daß sie mir eingehn.

»Aber da ist eines Tages der Ferencz gekommen«, fahr' ich fort, »und wie er mich da springen sieht mit dem Majestätischen, fangt er gleich zu schimpfen an, daß ich das Roß verdirb'!

›Was willst?‹ frag' ich ihn. ›Aus dem hinausgeschmissenen

Spanischen Reitschulstudenten wird im Leben kaa Schulpferd!‹
Das wird er sehen! sagt der Ferencz, und weil du halt mit in sein Horn gestoßen hast, ist es so gekommen, daß wir ihn nach Budapest gebracht haben, wo ich ihn in der Reitbahn vom Ferencz geritten hab'. Einmal hat uns der Kommandant der Budapester Spanischen Reitschule zugeschaut, du bist neben ihm gestanden, und wie ich abgesessen bin, hat er gleich gesagt, daß er uns seine Reitbahn zur Verfügung stellt, weil dort Pilaren stehen, ohne die nun mal kein Schulpferd auszubilden ist. Dir hab' ich's gleich angesehen, daß du's dem Kommandanten eingegeben und ihm die ganze Geschichte vom nichtsnutzigen Majestätischen erzählt hast. Bei euch in Ungarn ist zwischen Vorsatz und Ausführung halt immer bloß ein Atemzug; wo wir drei Genehmigungen brauchen, wird's bei euch einfach gemacht. Also ist der Majestätische hinauf in den Stall der Königlichen Burg gekommen, und die Arbeit hat in der Reitbahn angefangen. Von mir hat sich der Majestätische seelenruhig in die Pilaren einspannen lassen, bloß bis er den richtigen Takt beim Treten gefunden hat, das hat lange gedauert.
Aber eines Tages, als wir schon verzweifeln wollen und ich ärgerlich davongeh' und ihn stehenlasse in den Pilaren, ruft der Kommandant plötzlich. Ich kehr' um und seh', wie der Majestätische aus sich heraus anfängt zu piaffieren. Und wie ich ihm mit der Zunge den Takt schnalze, stellt er sich wirklich darauf ein.
Der Hallodri hat beim Leopold in Wien mehr gelernt, als er gezeigt hat, bloß damit wir nicht die Geduld mit ihm

verlieren sollen, hat er auf einmal piaffiert!
Und euch hat er Wasser auf die Mühlen gegeben, dir und dem Ferencz, der nie den Glauben an den Majestätischen verloren gehabt hat. Und damit ich mich recht ärgern soll, bringt es der Ferencz doch eines Morgens fertig, daß er den Majestätischen zum Heben der Vorhand bewegt, eine Pesade ist draus geworden, noch recht steil ist er gestanden, und die Vorderbeine hat er nicht eben stark angezogen, aber ich hab' nicht abstreiten können, daß es eine Pesade ist, aus der sich eine schöne, tiefe Levade entwickeln läßt.
Der Ferencz und, Gott sei's geklagt, auch du, Ungarische, ihr habt mich aufgezogen, daß es mit meiner Reiterei nicht weit her ist, und einen Esel wollt ihr mir schenken.«
»Depp, hast's eh g'wußt, daß i bloß aus Freud' über den Majestätischen mit dem Ferencz gegen dich a Hetz g'macht hab'!« sagt die Ungarische, die es sich nicht nachreden lassen will, daß sie nur ein einziges Mal ernstlich an mir gezweifelt hat, am Mann und am Reiter.
Und dann muß der Majestätische auf einmal selber Lust und Liebe zur Hohen Schule gefunden haben, mit jedem Tag hat er mehr aus sich herausgegeben im Spanischen Tritt, in der Piaffe und in allen anderen Gangarten hat er immer erhabenere Tritte gewonnen, immer durchlässiger ist er geworden, immer feiner gestimmt, daß man hat nur noch denken müssen, er soll was tun, und schon tat er's. Freilich ist er manchmal zu eifrig gewesen. Wie er den fliegenden Galoppwechsel auf ein Tempo herausgehabt hat, da hat er erst einmal auf meine Hilfen gepfiffen, und ist immer auf ein Tempo umgesprungen, rein aus Freude, daß er's kann, obwohl ich ge-

wollt hab, daß er's auf drei tut. Aber wie sich seine erste Freude gelegt hat, nachher sind wir auch da einig geworden. Jedenfalls ist aufs Gut ein Majestätischer zurückgekommen, der diesen Namen nun, auch an seiner Kunst gemessen, einigermaßen verdient hat.

Und dann hat ein fröhliches Leben angefangen. Einen Tag haben wir gearbeitet, und den anderen sind wir wie früher zu den Herden, deinen Herden, Ungarische, die stattlich geworden sind, in die Pußta geritten.

Bloß dein Lieblingswunsch, Marika, der hat sich nicht erfüllen wollen. Die Deflorata, die du im Wagen gefahren hast, und der Majestätische haben ein Paar werden sollen. An der Deflorata ist's nicht gelegen, die hätt' sich schon gern ihren Namen in der Tat verdient, aber ...«

»Mach kane Witz' mit dein bisserl Latein, wo du no' net drauf vergessen hast!« ermahnt mich die Ungarische.

»Also, die Deflorata hat eine zarte Jungfrau bleiben müssen!« fahr' ich fort. »Redliche Mühe hat sie sich gegeben, daß sie den Majestätischen verführt, aber der hat sich mit seinen sechs Jahren, scheint's, doch noch net reif für Ehefreuden gefühlt. Er hat die Liebkosungen der Deflorata als bloße Freundschaftsbeweise genommen und keine Gegenliebe gezeigt. Er hat mehr Ausdauer gezeigt als du, Ungarische! Hast ihn doch drei Monat' lang zusammen mit der Deflorata allein in den Laufstall gesperrt. Wie es immer nichts hat werden wollen mit den beiden, nachher bist ganz in dich gekehrt herumgegangen. Manchen Tag hast keinen sehen wollen, nicht amal mich, dann bist bei den Pußtagäulen gewesen, und es ist wieder einmal gewesen, daß ich falsch gedacht hab', wie ich nicht aus dir hab' klug werden können ...«

»Du, Unheiliger Georg, sei lieb, hier hörst auf, gelt?« sagt die Ungarische und schaut mich ernst an.

»I hätt's eh 'tan, Marika!«

Weil sie gar so allein ausschaut, muß ich sie in meine Arme nehmen, damit er vorbeigeht, der Schatten von dem Schweren, das damals über uns gekommen ist. Sehr glücklich ist sie erst gewesen, wie sie die Einsamkeit gesucht hat, nach innen hinein hat sie gelebt, weil sie gewußt hat, daß in ihr etwas werden will und wachsen, ein Heiliges aus jenen Stunden, in denen sie mir den Namen Unheiliger Georg gegeben hat. Grad um die Zeit, da ich hab' meinen müssen, daß sie mir davonlebt, hat der Leopold angefragt, ob ich nicht hinüberkommen möchte nach Wien, er hätte ein Dressurpferd für mich zu reiten zum Turnier.

Gleich hat mir die Ungarische zugeredet, daß ich fahren soll, aber sie will nicht mitkommen. Ich möchte auch nach dem Haus schauen, ob der Lois es gut verwaltet, weil wir doch zum Frühjahr hineinreisen wollen, wie es ausgemacht ist, daß wir immer ein halbes Jahr im Wechsel auf dem Gut und im Haus verbringen wollen. Damals hab' ich's nicht geahnt, daß die Marika mir hat eine Freud' machen und unser Kind in unserm Haus im Dorf zur Welt bringen wollen.

Ich hab' mich also überzeugen lassen, daß ich reisen muß. Drei Wochen soll ich wegbleiben dürfen, aber keinen Tag länger, und wenn ich alles in vierzehn Tagen schaffe, nachher wird sie sich sehr freuen.

Sie fährt mich zum Bahnhof und lacht, als sie mir nachwinkt.

Und wie ich nach vierzehn Tagen wiederkomm', da holt mich der Janos ab und sagt, daß die Frau Gräfin nicht recht beieinander ist und nicht hat kommen können.
»Fahr, was das Zeug hält, Janos!« sag' ich. »Is was g'schehn, was Arges?«
Der Janos schüttelt den Kopf und meint, daß es nichts weiter ist, aber geglaubt hab' ich ihm nicht.
Die Marika ist auf der Veranda gelegen im Stuhl, ganz matt ist ihre Farbe gewesen. Immer hat sie sonnengebräunt ausgeschaut, so gesund und so frisch, jetzt ist ihr Gesicht fast gelb, daß ich erschreck'.
»Marika, was is mit dir?«
»Nix is, Unheiliger Georg!« sagt sie lächelnd, aber das Lächeln muß sie sich abzwingen. »Mußt mir aa mal das Vergnügen lassen, daß i krank bin!«
»Und nix hast mir g'schrieb'n, nix! I fahr' da in der Welt herum, und du ...«
»Geh! Schön is', daß du Zweiter geworden bist beim Turnier in der Dressurprüfung hinterm Leopold! Ganz stolz bin i auf dich!«
Aber das hat mich alles nicht ablenken können. Ich hab' mir, wie die Marika eingeschlafen ist, den Janos vorgenommen und ihn beschworen, daß er mir alles sagt, was ihm auch sonst immer die Frau Gräfin befohlen haben mag.
Erst verlangt er von mir einen Eid, daß ich nie etwas sagen werd', und dann redet er.
Wir hatten einen Araberhengst aus dem Gidranstamm gekauft, für wenig Geld, weil er bös gewesen ist, verdorben durch Menschen. Aber wir haben gemeint, daß wir ihn doch

zu einem guten Pferd erziehen können. Vier Jahr ist er alt gewesen, und wir haben glauben dürfen, daß kein gutes Wort an ihn verloren ist.

Der Majestätische aber hat ihn gehaßt und hat wohl gefühlt, daß der Gidran stets ein Verbrecher bleiben wird im Grunde. So zutraulich er auch geworden ist, immer bin ich bei ihm auf der Hut vor einem Biß oder einem Schlag gewesen. Sooft ich ihm den Rücken gedreht habe in seiner Nähe, immer hab' ich mich noch einmal umgewendet, weil ich ein Gefühl nicht hab' loswerden können, daß er von hinten über mich herfallen möchte. So verdorben, wie Menschen nur ein Pferd zuzurichten vermögen, ist er gewesen, feig und heimtückisch.

Jeden Morgen ist die Marika hinausgefahren zur Herde, bei der auch der Majestätische gewesen ist, solange ich fort war. Wie sie es immer tut, ist sie vom Wagen heruntergestiegen und mitten unter die Pferde gegangen, damit sie jedem den Hals klopft. Der Majestätische, eifersüchtig besorgt, ist ihr immer in der Nähe geblieben. Wie sie zum Gidran gekommen ist, hat der Majestätische hellauf gewiehert. Und im Augenblick, da sie sich zu ihm umwendet, steigt der Gidran hinter ihr und will nach ihr schlagen. Der Majestätische springt mit mächtigen Sätzen heran, steigt gegen den Gidran, und noch eh die Marika davonkommen kann, gerät sie zwischen die kämpfenden Hengste.

Der Gidran stürzt, von einem Schlag des Majestätischen an den Schädel getroffen, und reißt die Marika mit zu Boden. Da ist der Janos zur Stelle, zu spät, und zerrt sie fort zum Wagen, bewußtlos hat er sie aufs Gut gebracht und ist dann gleich losgejagt nach Kecskemét, daß der Arzt kommen soll. Der Majestätische aber hat vom Gidran nicht eher abgelassen, bis der sich nicht mehr gerührt hat. Sie haben ihn dann tot gefunden. Der Majestätische hat ihm am Boden die Knochen zerstampft und ist über und über mit Blut bespritzt gewesen.

Wie der Doktor gekommen ist, ist der Majestätische auf dem Gutshof herumgetobt und hat gewiehert und geschrien, und ruhig ist er erst bei der Deflorata im Laufstall geworden. Mehr weiß er nicht, der Janos, das Schwerste hab' ich aus dem Doktor herausfragen müssen. Es hat mit der Marika durch eine Quetschung eine Fehlgeburt gegeben. So hat die Wahrheit kurz und grauenhaft deutlich ausgesehen, und sie wird nie ein Kind wieder haben, die Frau Gräfin, hat der Doktor gesagt.

Wir haben niemals von dem Unglück miteinander gesprochen, haben nicht davon sprechen können, weil der nicht mitleidet, der davon redet. So haben wir das schwerste Unglück, das uns getroffen hat, totgeschwiegen, die Jahre hindurch, und es so überwinden können.

Der Lois kommt nicht zurecht mit seinen Fotos, er braucht halt doch die lebenden Modelle, die Ungarische, den Majestätischen und mich, und so sitzen und stehen wir ihm Modell, kostbare Stunden am Tag, die man nützlicher anwenden könnte. Aber es handelt sich um ein gutes Werk, und dem Pfarrer haben wir in der letzten Zeit so viel angetan, daß er nun auch bald einmal eine Freud' haben muß. Ob er sie freilich haben wird, wenn er seine Heiden, wie er uns heißt, da auf einem heiligen Bildstock abkonterfeit sieht? Ich sag' dem Lois, daß er den Heiligen Georg halt mit heruntergeklapptem Visier machen soll, weil mein Gesicht doch nicht viel Reize hat. Aber da erklärt die Ungarische, daß mir billig sein muß, was ihr recht ist, und der Lois meint, der Heilige Georg hätte nie mit geschlossenem Visier gekämpft, wann's der Unheilige Georg freilich tät...

»Kruzitürken! Des is net mei' Art!« fauch' ich ihn an. »Für alles, was i 'tan hab', bin ich mein Lebtag eing'standen. Laß es überhaupt weg vom Helm, des Visier, dös damische!«

Wir sind im Garten beim Lois, wie er gerade am Kopf des Majestätischen ist und mit dem Schnitzmesser eine Ähnlichkeit in den rohen, hölzernen Roßschädel bringen will, den er zurechtgeschnitten hat.

Als ich den Hengst seh', wie er in seiner tiefen Levade sitzt und stolz den Kopf hält und die Ungarische im Sattel trägt, da fällt mir ein Erlebnis ein, wo der Majestätische und ich unseren Mann gestanden haben. Wir waren zu einem Reitturnier eingeladen gewesen, und...

»Weißt noch, Ungarische«, sag' ich, »damals zu dem Turnier, wo sie gered't haben, daß a Schulpferd do' nix weiter könnt' als stolzieren, wo sie sogar gesagt haben, daß der Majestätische und ich bloß Zirkuskunststückerln gezeigt hätten?«

»I weiß schon!« sagt die Ungarische. »Erzähl's dem Lois, damit er dich nimmer mit an Visier in a beleidigende Beziehung setzt!«

»Ja, Freunderl«, fang' ich an, »da haben wir zwei erst beim Turnier den Leuten gezeigt, was eine klassische Hohe Schul' ist, und nachher haben Neunmalkluge, die bloß mit dem Maul haben reiten können, gesagt, wir wären doch bloß Zirkus. Und einer fragt doch, ob der Majestätische springen könnte, ob ich ihn über den schweren Parcours bringen würde, über den das Jagdspringen am nächsten Tag gegangen ist.

Da haben sie alle nach mir geschaut, Spott in den Augen, aber die Ungarische hat mich zweimal unterm Tisch, wo wir im Restaurant gesessen sind, auf den Fuß getreten, und das hat soviel geheißen wie: ›Zeig's ihnen!‹

›Bittschön‹, sag' ich ruhig, ›wann i noch a Nennung abgeben könnt', nachher wär i dabei mit dem Majestätischen!‹

Es ist gegangen, und mehr aus Hochmut als aus Nettigkeit haben sie mir den Parcours erklären wollen am Plan und welche schweren Hindernisse er hat, aber ich hab' gesagt, sie sollen sich das sparen. Nicht einmal zeigen tu' ich dem Majestätischen die Hindernisse. Grad' zuschaun werd' ich, wie der Parcours geht, das soll alles sein. Da ist es einigen leid geworden, daß der Majestätische, der damals ein Zehnjähriger gewesen ist, mit im Treffen liegt, und sie haben den Leopold dazu bringen wollen, daß er mir abredet: Ein Schulpferd sei kein Springpferd! Aber beim Leopold sind sie schief gewickelt gewesen. Der hat ihnen gesagt, daß es endlich bewiesen werden muß, wie vielseitig die klassische Hohe Schule, die früher eine Kriegskunst gewesen ist bei den Reitern, ein Pferd erzieht. Und er hat eine Wette angeboten, daß der Majestätische und ich unter den ersten dreien sind. Am nächsten Tag, wie das Springen losgegangen ist, hab' ich mir von der Tribüne aus die Sache angeschaut. Der Majestätische ist mit einem fremden Springsattel gesattelt gewesen, der mit Ach und Krach gepaßt hat, und die Ungarische ist bei ihm gewesen. Wie es aufs Ende geht, daß wir drankommen, weil wir die letzte Startnummer gehabt haben, ist keiner fehlerfrei über den Parcours gekommen gewesen.

Der Leopold, der dabei ist, wie ich aufsitz', sagt, daß wir die größte Chance hätten, wir sollen gut an der Zeit bleiben, aber nicht jagen, sondern schaun, daß wir nix 'runterreißen. Mir nickt er zu, dem Majestätischen klopft er hinten drauf, die Ungarische nickt und zwinkert mit den Augen. Sie erwartet, daß wir herausgeben, was wir drin haben.

Mit keinem anderen Pferd hätt' ich das Wagnis unternehmen können, mit dem Majestätischen war's keine Kunst, für mich nicht, hört ihr! Ruhig galoppiert er vom Start weg, und ich bin bloß darauf bedacht gewesen, daß ich ihn nicht störe beim Springen. Grad an der Mauer nehm ich ihn etwas auf, da ist er fast beleidigt gewesen, daß ich ihm Vorschriften machen will. Über den Wassergraben ist er gegangen in ei-

nem schönen langen Sprung. Ich hab' ihm überhaupt bloß die Richtung angeben müssen, weil er ja die Nummern an den Hindernissen nicht hat lesen können, das war mein ganzer Verdienst bei seinem Sieg. Wir sind fehlerlos ins Ziel gegangen, ein wenig unter der Mindestzeit, es hat zum Sieg gereicht, mehr haben wir nicht gewollt.
Da hat das Publikum einen begeisterten Lärm gemacht, und hinterher haben sie dann gut geredet von uns, weil sie nicht anders konnten und zugeben mußten, daß der Majestätische zu meinem Wort gestanden ist.
Der Leopold hat mich umarmt, und weil bloß noch der Hals vom Majestätischen frei gewesen ist, hat sich die Ungarische an den gehängt.«
»Da hätt' i dabei sein mögen!« meint der Lois. »A so a Roß wie den Majestätischen gibt's net wieder! Hohe Schul' kann er, springen kann er, und vorm Karren geht er aa, der halt nix unter seiner Würde. A besseres Sankt-Georgs-Roß kann unsere Kirchen gar net krieg'n! Und an zünftigeren Heiligen Georg aa net!«
»A bessere Roß-Madonna findst aa net, Lois!« sag' ich.
»Über Selbstverständlichkeiten red' i net!« sagt er. »Kruzitürken! Der Pfarrer kummt!«
Aber der Pfarrer kann ruhig kommen und zuschaun, weil der Lois ja nur grad den Pferdekopf bearbeitet. Während ich erzählt hab', ist es gut vorwärtsgegangen, da man schon das Gesicht des Majestätischen erkennen kann.
Der Pfarrer ist freundlich zu uns, er tut, als wär nie die Geschichte mit dem Büchl und dem Taferl beim Schwaiger gewesen, er hat halt vergeben und vergessen, wie es sein Beruf

vorschreibt, und wenn er keine Geduld und keine Nachsicht hätte, nachher wär er nicht seit so vielen Jahren Pfarrer im Dorf und unser Freund.

»Ja, Lois, nimmst am End' die Frau Gräfin als Modell für den Sankt Georg?« fragt er lachend.

»Naa, sie wird dem Majestätischen halt net so schwer wie der Unheilige Georg bei der Levad'!«

Die Ungarische hat immer, wann es dem Lois aus künstlerischen Gründen nötig gewesen ist, den Majestätischen zur Levad' gebracht. Jetzt sagt sie, daß es Schluß ist, daß der Hengst Zucker haben muß und sie einen Mokka. Die Mirl soll einen machen. Für Mokka ist der Pfarrer auch, und weil die Mirl schon selber einen Gusto g'habt hat, geht es rasch, daß ein Tisch 'rausgebracht wird und alles darauf, was zum Kaffee gehört.

»Ja, Pfarrer, gut wär der Gedanke schon, daß die Gräfin Modell steht für den Sankt Georg, aber zu zierlich ist sie halt, da wär der schon besser in der Figur!«

Damit meint er mich, und der Pfarrer sagt lächelnd:

»In der Figur paßt er schon, aber sonst?«

Der Lois hat einmal angefangen, den Pfarrer schonend auf den Bildstock vorzubereiten, und er will nicht lockerlassen.

»Sehr gut is der Vorschlag, der mit der Gräfin!« sagt er.

»Machst halt a Roßheilige aus ihr!« sag' ich, um ihm zu helfen.

»A Madonna für die Rösser?« sagt der Pfarrer. »Des gibt's net!«

»In Ungarn hamma halt eine Madonna der Pferde«, sagt die

Ungarische. »Von der steht a Bildstock mitten in der Pußta, wo die Pferde weiden ...«
Gleich will der Pfarrer, weil's doch sein Fach ist, wissen, was es für eine Bewandtnis damit hat.
Und die Ungarische erzählt, was sich lange vorm Krieg in der Gegend damals zugetragen hat. Ein einziges Mal hat sie mir diese schöne Geschichte erzählt, bei der es allen heiß im Herzen werden muß, die die Pferde lieben und die Menschen, je nachdem, ob sie gut zu den Pferden sind oder nicht.
Die Geschichte von der Ungarischen ist so gegangen:
»Auf den Abend ist zu den Pferden in die Pußta ein leichter Wagen gekommen, und die Zügel hat eine junge Frau geführt. Der Hirt hat sie gekannt und sie gegrüßt. Daß sie bei den Pferden bleiben will, hat sie gesagt, aber der Roßhirt hat es nicht ernst genommen und ist zur Lagerstelle geritten, wie es dunkel geworden ist. Ihren Gaul hat die junge Frau samt Wagen heimgeschickt, und der ist mit schleppendem Zügel losgetrottet. Wie es Nacht geworden ist, hat sich die junge Frau zu den trächtigen Stuten gebettet, und die mögen sich gewundert haben, daß die junge Frau weint. Einen Schutz braucht sie und Wärme, das hat die Stute gespürt, bei der die junge Frau gelegen ist. Mit der ist es halt so eine rechte Menschengeschichte gewesen, in der die Liebe manchmal ungut ausgeht. So ist der Mann, den die junge Frau liebt, schon ein halbes Jahr fort gewesen bei seinem Reiterregiment, und sie hat es nicht mehr verbergen können, wie sehr sie ihn liebgehabt hat. Daheim hat sie immer nur hören müssen, daß sie Schande über die Familie gebracht hat, und wie es auf den letzten Tag gegangen ist, da hat sie nicht unter den Men-

schen sein mögen, die ihr nahestanden im Blut, sondern ist auf und davon, damit sie anderswo einen guten Platz findet, und der, hat sie gemeint, ist bei den Stuten, in denen auch ein neues Leben wächst. Und bei denen hat sie sich nicht verlassen fühlen müssen, allmählich ist ihr Herz ruhig geworden, sie hat es ja auch zusammennehmen und eine gute Ruhe haben müssen.

Die Stute, die ihr Wärme gibt und ein Polster für den Kopf, wird unruhig; mit einem leisen, tiefen Wiehern richtet sie den Kopf auf. Und da packt eine kleine, einen Halt suchende Hand sie fest in die Mähne, aber die Stute bleibt liegen, wagt sich nicht zu rühren.

Die anderen Stuten um sie herum stehen auf und wittern mit hängenden Köpfen zum Boden hin, wo ihr Menschenschützling liegt.

Gegen das frühe Morgendämmerlicht, das aus dem Osten kommt, sieht die junge Frau die dunklen Gestalten der Pferde, von denen, die ihr am nächsten stehen, spürt sie den guten, warmen Atem. Sicher fühlt sie sich im Kreis der Stuten, und es ist gut, daß Gott ihr solchen festen Halt des Herzens gibt.

Der Pferdehirt, der am verglommenen Feuer wacht, weckt seinen Kameraden, als es rot wird gegen Morgen. Er soll hören! Ob das nicht eine Stute ist? Aber der andere meint, daß kein Pferd so schreit, und da springen sie schon auf ihre Gäule.

Aber die kommen nicht hinein in die Herde. Feindlich haben die Stuten einen Kreis gebildet, und manche keilen aus. Weil sie sich das rätselhafte Verhalten der Stuten nicht erklären können, lassen die Roßhirten ihre langen, kurzstieligen Peitschen knallen, und als es eine Bresche gibt im Ring der aufgeregt ausschlagenden Stuten, da sprengen sie hinein. Sie schwingen sich aus den Sätteln, knien nieder, nehmen die Hüte von den Köpfen und haben Augen wie jene Hirten, die damals das Menschen- und Gotteswunder im Stall erlebten. Ein Wunder ist wirklich geschehen für diese beiden einfachen, guten Menschen, und so stark rührt es ihnen die Herzen, daß sie gar nicht ans Helfen denken, sondern immer nur schauen auf die junge Frau, die sie kennen und die ihnen so unirdisch schwach zulächelt.

Und in dem Woilach, der dem Sitz des Wagens als Polster gedient hat, liegt ein schreiendes Kind.

›Heiliger Stefan!‹ sagen die beiden Hirten wie aus einem Munde, und die junge Mutter bittet, daß sie helfen mögen. Einer reitet wie der Sturmwind zum Gut, damit er einen Wagen holt. Und als der Wagen kommt mit den Gäulen, denen die Lungen fliegen und die Schweißflocken wie Schnee im Fell sitzen, da steigt der vom Bock, um dessentwillen dies alles geschehen ist. Gestern nacht ist er zurückgekommen, zur rechten Zeit hat es sich gefügt. Dann ist diese junge Familie, geführt von Gottes Hand und gezogen von zwei guten Pferden, behutsam zum Gut gefahren, zwiefach ist sie eingezogen, die junge Frau, als Mutter und als Herrin.

Die Pferdehirten aber haben dem Wunder ein sichtbares Zeichen setzen wollen, und der Gutsherr hat just an der Stelle, da ihm unter den Pferden ein Kind geboren wurde, einen schönen Bildstock errichten lassen. Es ist ein Mosaik gewesen, das die Madonna dargestellt hat, wie sie das Kind im Arm hält und die Pferde ihr zu den Seiten stehen. Ein festes Dach wider das Wetter ist über dem Mosaik gewesen und unten am Pfahl ein irdenes Gefäß, in das die Pferdehirten Pußtagras gesteckt haben, das sie Waisenmädchenhaar nennen, so fein und seidig und rein ist es in seinen weißen Blütenständen. Wer immer vorübergeritten ist, hat der Madonna der Pferde erwiesen, was ihr an Ehre und Liebe gebührt, und es sind auch welche eigens gekommen zu ihr, Männer, die Segen für die Pferde erbaten, und Mütter, die sich Zuversicht holen wollten für ihre Kinder, mit denen es immer Sorgen gibt.

Und rundum haben die Stuten geweidet, die trächtigen und die mit den Fohlen. In der bösen Zeit nach dem großen Krieg, da in Ungarn das Recht und der Glaube an Gott unter der brutalen Gewalt vernichtet werden sollten, haben sie die Herden forttreiben und das Bildnis von der Madonna der Pferde zerstören wollen, aber da haben die Stuten, die längst nicht mehr die gleichen gewesen sind wie ehedem, wieder einen wehrhaften Ring gebildet, und das Raubgesindel, das seiner eigenen Reitgäule nicht sicher gewesen ist, hat abziehen müssen. Und die Madonna der Pferde steht nun in alle Ewigkeit in der Pußta.«

Das wäre eine sehr schöne Legende, sagt der Pfarrer, und sie müßte einmal aufgeschrieben werden.

Dazu möcht' er schon die Bilder malen, meint der Lois.

Die Mirl schaut vor sich hin und sagt nichts.

Ich blicke der Ungarischen in die Augen, denn sie weiß, was an dieser Legende von der Madonna der Pferde fehlt. Sie hat nicht erzählt, daß das Kind ein Mädchen gewesen ist und daß man es Marika getauft hat. Davon wissen nur sie, ich und der Janos, seit sie gegangen sind, die Mutter bald darauf, da die kleine Marika das Leben hatte, und der Vater, den sie erschossen haben in der Anarchie.

Der Pfarrer muß schon seine Freude an uns haben, wie wir dasitzen, seine vier Heiden, und nichts mehr reden wollen, damit sie nur bleibt, die gute Stimmung der Stunde, die langsam in den frühen Abend hinein verklingt, in der die Sonne hinter den Bergen untergeht und die Vögel einhalten mit Singen und es ganz still ist, daß ich mein eignes Herz hören kann und der Ungarischen ihres, das mir gehört. Und alle sind von guten Gedanken bewegt, wir und die Freunde. Der Majestätische drängt seinen Kopf zwischen unsere Schultern, er kokettiert erst mit der Ungarischen, aber dann langt er doch mit gestrecktem Hals zum Tisch, wo das süße Backwerk in der Schale liegt.

Wir lächeln darüber, einer schaut den anderen an. Es geht auf den Abend, und da lieben es Gottes schönste Wesen, die Pferde und die Menschen, an ein Nachtmahl zu denken. Die Erde hat uns wieder, aber die Erde ist gut, denn über ihr ist der Himmel.

Ich muß die Ungarische ein wenig betrügen, damit sie nicht drängt, daß wir abreisen auf ihr Gut. Die Haxn ist zwar wieder heil, aber ich hinke noch immer darauf, jeden Tag muß ich mir größere Mühe geben, damit es mir glaubhaft gelingt. Ich möcht' noch dabei sein, wie der neue Sankt Georg in der Kirche aufgestellt wird, aber die Ungarische meint, es wäre besser, wenn wir dem Lois ruhig die Ehre allein gönnten. Sie scheint's ein wenig zu bereuen, daß sie sich auf dem prächtigen Holzstandbild mit hat verewigen lassen, an dem der Lois jetzt die vorletzten Pinselstriche tut, damit alles schön bunt wird, wie es die farbenfrohen Gemüter hier lieben. Sie will also reisen, sobald mein Knöchel gut ist, und wir sollen mitkommen, ich im Enzian, und der Majestätische muß halt mit der Eisenbahn fahren.
»'s is no' z' früh, Ungarische!« sag' ich, weil wir sonst immer erst gegen den Herbst zu ihr reisen. »Und nachher mei' Haxn, i spür' a jed's Wetter drin!«
Mit dem Wetter bin ich 'reingefallen, so daß ich nur noch sehr schleierhafte Voraussagen mache. Ich hab' gesagt, daß es zerrt und es wird einen Regen geben, nachher hat sich acht Tag kein dunkles Wölkchen blicken lassen, doch es hat zum Glück ein paarmal gedonnert, daß die Ungarische trotzdem meiner Haxn einen guten Glauben hat schenken müssen. Leider ist gleich drauf der Lois gekommen und hat gefragt, ob ich nicht mit will zum Kegeln beim Ochsenwirt, die Bauern täten schon mächtig in die vollen gehen. Ob wir nichts hätten pumpern hören? Seit dem Tag hab' ich keine Freude

mehr an der Haxn. Gestern ermahnt mich die Ungarische, ich soll nicht aufs Hinken vergessen, wenn ich meine, daß sie nicht hinschaut! Und dann hat sie wieder von der Kapriole angefangen, die wir noch schuldig sind. Weil es nicht anders gegangen ist, habe ich mich redlich mit dem Majestätischen bemüht, aber wir haben nichts zusammengebracht, und die Ungarische hat dazu sehr deutlich geschwiegen. Am Abend endlich hab' ich's nicht mehr aushalten können und gesagt, daß es ein Schwindel gewesen ist, ein niederträchtiger, das mit der Kapriole, und daß es also die Roßäpfel gewesen sind und ich es für reinste Schande gehalten hab', wenn ein Reiter einen so ungebührlichen Unfall erleidet. Ganz genau hab' ich alles erzählen müssen, und die Ungarische hat erst gelacht, aber nachher hat sie mir ganz vorwurfsvoll gesagt:

»Schamst di net, Unheiliger Georg? A soo a Lug!«

»Ja, ja«, sag' ich. »Ich bereu' eh schon ganz tief!«

»Sollst do wissen, daß i immer komm', ob du vom Roß fallst oder von dein' eignen Haxn in den Roßdreck!« hält mir die Ungarische mütterlich zürnend entgegen. »Hast no an Schwindel? Sag' ihn gleich, wamma grad dabei san!«

»Naa«, sag' ich, »i wüßt momentan wirklich nix.«

»Wann dir aber doch was einfallt, nachher sagst ma's, ja? Hast am End' selber mei' Alpinum abg'fressen? Kannst's beschwör'n, daß es der Majestätische war?«

»Des kann i, Ungarische!« versicher' ich mit Nachdruck. »Weißt's eh, daß i nix vom Vegetarischen halt und mehr so für Fleischeslust bin oder, worauf der Pfarrer immer schimpft, daß die Bauern z'viel fressen!«

Wie ich von der Fleischeslust geredet hab', hat die Ungarische gleich funkelnde Augen gehabt, weil sie halt so Scherze nicht ausstehn mag bei mir, deshalb bin ich gleich abgebogen.

»Himmiherrgottsakra, Ungarische!« ruf' ich plötzlich. »Mir fallt do was ein! Aber 's is kaa Lug, mehr a Unterschlagung!«

»Jessas, Unheiliger Georg! Wieviel is es denn?«

»Naa, kaa Geld! Es wär' mehr a Briaf!«

»So gibst ihn halt jetzt her!«

»I hab' ja kan Brief! I hätt' an Briaf schreib'n soll'n! An dich!«

»Da schau her!« sagt die Ungarische neugierig. »Und was hätt' denn nachher drin g'standen?«

»Daß er krank g'wesen is, der Majestätische. Gleich, wie wir abg'fahr'n san im März und du noch 'blieb'n bist, weil du hast die Rinder no' verkaufen woll'n ...«

»Ja, red schon!«

»I red ja!«

»Aber drumherum!«

»Ja, der Majestätische hat halt die Druse erwischt g'habt, wie mir z'haus komm'n san, es is ihm aus Nas' und Maul nur immer so 'rausg'runnen, in aaner Woche is er vom Fleisch komm'n, daß i mir hab' ausrechnen können, wann er überhaupt nimmer da is! Jeden Tag hab' i denkt, daß i dir schreibn muß, aber nachher hab' i wieder g'maant, es wird vorbeigehn, und so is es nachher aa komm'n! I hab' dir halt nur Sorgen erspar'n woll'n, Ungarische.«

»An rechten Schrecken hast mir eing'jagt! No nachträglich! Also wann i denk', es wär was g'schehn, naa, Unheili-

ger Georg, des tust nimmer, gelt?«
»Is eh alles überstanden, Ungarische!«
»Dös sagst so! Da, fühl her, wie ma 's Herz klopft!«
Wie ich's tu' und streichle, damit das Herz drinnen Ruh' gibt, krieg' ich eine auf die Hand g'haut!
»Da is kaa Herz!« sagt sie. »Sollst net so freche Finger mach'n! Übrigens, was ist mit 'm Erzähl'n, du?«
»I war ja eh fertig. Oder soll i dir etwa erzähl'n, wie der Majestätische und die Deflorata nachher doch Hochzeit g'macht haben? Warst ja selbst dabei, wie er auf einmal g'spürt hat, daß er a Hengst is und wie er der Deflorata...«
»Du, i moan, hier hörst besser auf!« unterbricht die Ungarische rasch, damit mir ja kein Wort weiter herauskann. »In deiner Einfalt kommst 'leicht dabei zu g'nau ins einzelne, und wie a Hengst umgeht mit der Stuten bei der Liab, des weiß i schon selber!«
»I wollt' so schön erzähl'n, Ungarische, wie der Majestätische gewiehert hat, wie wir's nimmer an ihm 'kennt ham, eh daß er...«
»Naa, Unheiliger Georg, laß guat sein! I möcht' net von ei'm Wort zum andern in Angstschweiß ausbrech'n, daß dir do' was auskommt. Nachher redst dich drauf heraus, daß es halt so heißt bei die Rösser, und machst a G'sicht wie a gekränkter Heiliger. Deine Wandsprüch' samma scho' g'nua!«
»Ja, alsdann red ma vom Fohlen, vom Sohn vom Majestätischen, und davon, wie halt unsere Lipizzaner-Zucht entstanden is, daß i bei der Auktion in Bábolna an Favoryhengst 'kauft hab', und du hast vom Esterhazygestüt Jungstuten 'kriegt, und...«

»I maan, mir ham kan richtigen, historischen Stoff mehr, Unheiliger Georg!« sagt sie.
»I maan doch!« sag' ich. »Hast denn den großen Tag vom Majestätischen vergessen? Wie er in der Spanischen Reitschul' in Wien bewiesen hat, daß doch was aus ihm wor'n is?«
»Richtig«, sagt sie. »Sei' schönste Levad' hat er zeigt, daß der Leopold a Freid an ihm g'habt hat, und im Augarten is nach dem Majestätischen a Porzellanfigur g'macht worden. A ganz berühmtes Roß is er wor'n, daß mir nachgerad' froh sein müssen, wann er uns überhaupt no reiten laßt!«
»'s is scho a Glück, daß ma 'n ham, den Majestätischen, Ungarische!« sag' ich. »Wann der net g'wesn wär, nachher wär's jetzt aa nix mit uns!«
»Und dös wär a großes Unglück g'wesen, wann mir zwaa uns net g'funden hätten!« sagt die Ungarische, und ich schau' sie ganz genau an, ob sie's im Spaß oder im Ernst meint. Sie schaut zurück und sagt:
»Glaub's schon, i möcht' net auf der Welt sein, wann's kane Rösser net gäb – und dich!«
So ganz einfach sagt die Ungarische ihre Liebeserklärung, daß ich ihr bloß mit den Augen Antwort geben kann und denken, daß es gut so ist, unser Leben, in dem immer einer zum andern kommt. Trennung und Zusammensein, das wechselt ab, mehrmals im Jahr, und darum sind uns auch die schalen Stunden der Gewohnheit in unserer Liebe erspart geblieben.
»Du, an Zucker soll er no' kriegen, der Majestätische«, sagt die Marika, die meine Gedanken erraten haben muß. »Weil

er doch immer so brav herumreist mit uns Roßzigeunern!«
Wir gehen in den Stall hinüber. Der Majestätische hat sich schon gelegt, und er will aufstehen, wie wir bei ihm sind. Aber die Ungarische klopft ihm schon den Hals und gibt ihm den Zucker. Da bleibt er liegen und kaut und schaut zu, wie ich die Ungarische im Arm hab'. Oft genug hat er das schon erlebt, aber jetzt stellt er doch die Ohren auf, und sein leises Wiehern klingt so recht danach, daß er einen freudigen Anteil nimmt.
»Ja, ja, in zwei Wochen hast sie aa, dei' Deflorata!« sagt ihm die Ungarische.
»In zwaa Wochen?« frag' ich.
»Na, so lang dauert's ja noch, bis der neue Bildstock vom Heiligen Georg aufg'stellt wird in der Kirchen!« sagt sie.
»I denk, du wolltst vorher fort?«
»Naa, wann ihr zwaa net mitkommt, nachher wart' i scho' no' so lang! Bloß wegen dem Bildstock!«
»Schön is das von dir, Ungarische!« sag' ich. »Nachher brauch' i do nimmer herumz'hinken wie a Invalid!«
»Sixt es!« sagt sie. »I hab' mir's glei' denkt, daß du halt vorhin beim Beichten wieder an Schwindel unterschlag'n hast!«
Ich markier' ein Gähnen und sag': »Ach, hab' i an Schlaf!«
Die Ungarische lächelt mich an und meint, indem sie den Kopf über sich selbst schüttelt:
»I kenn' di nun schon so lang, aber a jed'smal fall' i wieder auf dein' alten Schwindel 'rein. Hitzo gemma! I bin direkt g'spannt, ob du wirklich an Schlaf hast oder ...«
»Was oder?«
»... bloß an Wunsch!«

So ein Buch muß einmal ein End' haben, aber das Leben läuft weiter, wahrscheinlich auch darüber hinaus, was wir so den Beschluß nennen. Aber wie ich nun über dem letzten Kapitel sitz' und ein wenig zurückblätter', was alles schon zu Papier gebracht ist, da denk' ich, daß ich doch hätt' viel mehr erzählen sollen, und dann mein' ich wieder, daß es zu viel ist und zu bunt durcheinander, daß man von gar keiner Kunst reden kann, die ein strenges Maß verlangt und klare Linien, just Regeln, wie sie einer einhalten muß, der Hohe Schule reitet.

Aber so leicht mir der Zügel ist, so schwer ist mir der Stift in der Hand geworden, daß ich am rechten vorderen Mittelfingerglied schon Horn angesetzt hab'. Ja, mit dem festen Sitz, wie ihn der Majestätische an mir kennt, war es auf dem Sessel auch nichts, und mit dem Schreiben ist es dann immer aus gewesen, wann ich den Majestätischen draußen gehört hab'. Es hat nachher immer rechte Mühe gemacht, daß ich den Faden dort wieder knüpf', wo er abgerissen ist, und meist hab' ich dann von was anderem angefangen zu erzählen. Ich mein' halt doch, ich hätt' beim Reiten bleiben sollen, aber nun am End', denk' ich, wär es schad' um das schöne Papier, wann's umsonst verschrieben sein sollt. Also muß ich's richten, damit es doch seine rechte Rundung bekommt, grad wie der Majestätische und ich jeden Morgen zum Schluß des Reitens eine schöne Levade machen. Ob mir nun freilich das letzte Kapitel so gut gelingt wie dem Majestätischen seine Levade? Ich will nichts verreden, vielleicht glückt's. »A blind's Huhn find't a sein' Hahn!« meint der Lois immer.

Zu sagen wär nicht mehr viel. Ich kennt's uns eh alle. Da wär höchstens noch, daß ihr wißt, wovon wir eigentlich leben, der Majestätische und ich. Zunächst nähren wir uns von dem, was auf unseren zwei Feldern und der Weide wächst. Der Majestätische frißt das Gras gleich grün und manchmal den Hafer auch, aber ich muß mir halt den Weizen gegen Mehl beim Müller umwechseln. Und fürs bare Geld, da sind wir zwei, wie man so kaufmännisch sagt, Aktionäre bei der Ungarischen am Gestüt. Der Majestätische tut zwar mehr als ich, damit sich die Rasse mehrt, aber er kann die Tantiemen ja nicht fressen, und so verwalt' ich sie, genau gesagt, wir bringen alles wieder durch oder kaufen neue Pferde dafür.

Die Ungarische und ich kommen zu nichts, aber wir haben das Leben und viel Pferde, und damit sind wir zufrieden. Ja, und daß ich hier mein Haus hab' und die Ungarische ihr Gut in der Pußta und daß wir darum viel reisen und der Majestätische schon bekannt ist auf der Eisenbahn, das wird manchen wundern, wann er überhaupt noch nicht das Wundern über uns aufgegeben hat. Schaut, die Ungarische hängt an ihrer Heimat und ich an meiner, aber jeder liebt auch die vom anderen, und so hat noch nie einer gemeint, daß man zusammenlegen sollte. Ich komm' überhaupt nur drauf, weil ihr denken könntet, daß es ein Sparren von uns ist. Wir reisen von daheim ab und kommen ins andere Daheim, und immer sind die Pferde da, die uns kennen, weil wir von Mutterleib und den stakligen Fohlenbeinen an um sie gewesen sind. Jetzt, wo ich richtig zurückschau'n kann, seh' ich, daß sie uns Schicksal gewesen sind, die Rösser, Dunkles und Lichtes, sie haben uns beiden gebracht, und es wär uns sicher schlechter ergangen, wann bei uns die Menschen die Hände im Spiel gehabt hätten. Nichts ist ohne Bedeutung gewesen, sogar die Roßäpfel hatten ihren Sinn, wie sie im Weg lagen. Freilich, wenn wir unter Fremde gehen, dann heißt's immer, heraus aus den Reithosen, denen wir mit Liebe schon einige Besätze durchgeritten haben, und wann wir dann im gesellschaftlichen Zivil sind, nachher fehlt uns was. Die Ungarische meint, der gute, gesunde Roßgeruch wär's, und damit wird sie halt recht haben. In der Stadt geht's uns immer wie den Pferden, leicht pflastermüd werden wir da. Salzburg und Wien, die lassen wir uns gern gefallen, und drüben in Ungarn, ja, da kommt das Land immer in die Städte herein mit den Bauernwagen, die von den hirschhalsigen Gäulen gezogen werden. Aber sonst schaun wir immer, daß wir auf gutem Hufschlag bleiben. Ich freue mich, daß es nun wieder fortgeht in die Pußta, wo die Ebene kein Ende hat. Und wir reiten dann, reiten!

Das Sattelzeug knarrt, gedämpft klingt der Takt der Hufe, die Rosse schnaufen. Manchmal haben wir mit aufziehenden Wettern das Rennen aufgenommen, und wann wir im Hof absaßen und die ersten Tropfen fielen, dann klopften wir unseren guten Pferden die Hälse. Der Nikolaus Lenau, der ein Ungar und ein Unsriger gewesen ist und ein Dichter und Reiter obendrein, hat darauf so schöne Verse gemacht, daß ich sie auswendig kann.

Die Wolken schienen Rosse mir,
Die eilends sich vermengten,
Des Himmels hallendes Revier
Im Donnerlauf durchsprengten.

Der Sturm, ein wackrer Rosseknecht,
Sein muntres Liedel singend,
Daß sich die Herde tummle recht,
Des Blitzes Geißel schwingend.

Schon rannten sich die Rosse heiß,
Matt ward der Hufe Klopfen,
Und auf die Heide sank ihr Schweiß
In schweren Regentropfen.

Mit den donnernden Wolkenrossen steht sie nicht gut, die Ungarische, die sonst einen Mut für zwei Männer hat. Einmal hat vor ihr, als wir mit den Hirten die vor Gewitterfurcht tobende Herde heimtreiben wollten, der Blitz eine Stute erschlagen. Ihr Pferd ist vor Schrecken gestiegen und hintenüber gestürzt, und ich hab' die Marika unter dem armen Teufel von Roß, dem das Kreuz entzweigebrochen war, hervorziehen müssen. Zwei Rippen sind ihr hin gewesen, und wie sie gerichtet waren, nachher ist der Ungarischen nichts zurückgeblieben als die Angst vorm Gewitter. Deshalb reiten wir um die Wette mit den dunklen Wolken, und unsere braven Gäule haben es noch immer geschafft. Einer rechten Liebe bleibt so leicht nichts erspart, aber je ärger uns die Rosse ausgewischt haben wider ihren Willen, desto fester ist die Liebe geworden. Und manchmal frag' ich mich, ob es auch vom Wehtun kommt, daß mich die Ungarische so sehr liebt. In diesen letzten Tagen singt sie gern ihre alten, schönen, ungarischen Volkslieder, die süß sind und schwer, daß mich es auch immer erwischt und ich eine Sehnsucht krieg' nach der anderen, der ungarischen Heimat. Alles, was ich außer ein paar alltäglichen Wendungen von ihrer Sprache kann, sind die Worte zu diesen Liedern. Und ein Wort ihrer Sprache liebe ich vor allem, wenn es aus ihrem Munde kommt, in allen Modulationen sagt sie: Igén, und das heißt ja. Nem, das ungarische Nein, sagt sie nie zu mir, vielleicht weil sich meine Wünsche immer mit ihren treffen – es kann auch sein, daß Liebe niemals nein sagen kann, auch wenn's ihr bitter schwer wird.

Der Majestätische wird sich halt auch freuen, wenn's fortgeht. Er weiß, daß wir es auf dem Gut nicht so hart nehmen mit der Hohen Schule, sondern uns gehen und fliegen lassen im Galopp über die weite Grasebene. Das sind dann die rechten Pferdeferien für ihn. Hinterm Haus auf dem Reitplatz freilich, da müssen alle Tritte ernst genommen werden, damit sie eine rechte Kunst ergeben, eine stumme Musik der Bewegungen, die so ein flüchtiges Gebilde ist, nicht einzufangen und festzuhalten wie ein Bild oder ein Gedicht. Jeden Tag muß sie sich erneuern, weil sie lebendig ist und den Gesetzen des Lebens unterworfen. Einmal wird es mit ihr ganz zu Ende sein, weil ein Pferdeleben nicht so lange währt, wie wir es wünschten, aber daran mag ich nicht denken, und wir haben nie davon gesprochen, daß wir doch einmal in fünfzehn Jahren vielleicht keinen Majestätischen mehr haben werden.

Manchmal hat der Leopold uns von seinen Pferden erzählt, die ihm dahingegangen sind, und dann hat seine Stimme einen leisen Klang gehabt, damit sie die schmerzenden Erinnerungen nicht hellwach weckt.
Des Majestätischen Söhne und Töchter haben seinen Adel, aber ob sie uns ein Trost sein können – wer weiß das? –, wenn es uns einmal fehlen wird, unser Schicksalsroß? Vielleicht werde ich dann nie wieder in den Sattel steigen, und wir werden noch dichter aneinanderrücken müssen, die Marika und ich, damit es warm bleibt.
Seht, so schwer ist die Liebe zu den Pferden.
Aber jetzt höre ich ihn noch draußen, wie ihn die Ungarische herausführt aus dem Stall und wie sie ihn anschirrt vor den kleinen Brückenwagen, auf dem er schon im vorigen Jahr den alten Sankt Georg in der Prozession gezogen hat. Heute soll er den neuen zur Kirche bringen, und die Ungarische wird ihm das Sielengeschirr schön schmücken mit Blumen und Bändern. Unsere Reitstiefel hat sie auch schon geglänzt, daß sie spiegeln, denn heut gehen wir zu Ehren des Heiligen Georg, wie er uns wohl am liebsten sieht, als Reiter.
Aber bis es so weit gekommen ist, daß der neue Sankt Georg einziehen darf, hat es ein hartes Treffen mit dem Pfarrer gegeben.
Der Lois hat uns zwei zur Verstärkung geholt, als er das Standbild anschaun kommt, der Pfarrer. Im Garten hat er gestanden, unserer Heiliger Georg, und den Pfarrer haben wir am Türl abgefangen, damit er ihn erst von weitem anschaut.

Schneeweiß hat das Sankt-Georgs-Roß geglänzt in der Sonne, silbern des Heiligen Rüstung geleuchtet, und vom Helm hat ihm ein blauer Busch geweht. Scharlachrot ist der Mantel der Frau, die er vor sich im Sattel hält, herunterwallend auf die weiße Schulter des Pferdes bis über die kraftvoll angezogenen Vorderbeine. Giftgrün ist der Drache gewesen, Feuer hat er gespien, und aus der Todeswunde, in der die Lanze steckt, ist rot das Blut gequollen.

»Wunderbar!« ruft der Pfarrer aus, wie er bloß die Farben in der Sonne leuchten sieht, und rascher, als es uns lieb war, ist er näher gegangen. Wie Kinder, die was angestellt haben, sind wir stehengeblieben.

Lange hat er geschaut, der Pfarrer. Dann dreht er sich um und winkt uns heran und fängt ganz friedlich an:

»Was i erst g'sagt hab', daß es wunderbar is, bleibt, Lois! Am Kunstwerk rüttel' i net! Ihr wißt's eh, was i maan! Steht's da wie die armen Sünder und ... Naa, i sag', es geht halt net! Es wird a G'red geben, und das dringt bis nach Salzburg. Nachher kemman's zu mir und fragen, was es für a B'wandtnis hat, und was sag' i nachher, ha?«

»Nix wirst sag'n, Pfarrer!« meint der Lois. »I, wann i du wär, tät sag'n, daß es sie an Dreck angeht!«

»Denkst!« erwidert der Pfarrer. »Was blasen werden s' mir von Freigeisterei, und an der Frau werden s' an sittlichen Anstoß nehmen.«

»I hab's so schön g'macht, wie sie halt selber is, die Gräfliche«, erwidert der Lois verstockt.

Der Pfarrer kommt aber nun auf den heiligen Ritter selber. Er meint, daß es ein geradezu böser Widersinn sei, wann ein

Unheiliger Georg zum Modell für einen richtigen Heiligen genommen wird.
»Wannst jetzt no was sagst gegen 's Roß, nachher halt' i an Zünder untern Bildstock, daß er aufbrennt und g'wesen is!« sagt der Lois ganz fuchtig.
»Damit machst bloß das Maß der Sünden voll!« sagt der Pfarrer.
Und der Lois, dem der Zorn im Gesicht brennt, sagt, daß ihm der Pfarrer mitsamt der Klerisei am Buckel 'raufsteigen soll. Gelobt sei Jesus Christus! fügt er zur Milderung hinzu.
Und der Pfarrer setzt in seiner Überraschung und wohl auch aus Gewohnheit prompt sein Amen dahinter.
Die Ungarische gibt mir einen Wink mit den Augen, damit ich mich dem Lois anschließen soll, der wie ein Storch ins Haus stelzt.
»Kruzitürken!« flucht der. »Mirl, gib ma an Enzian!«
»Mir aa!« sag' ich. »Mit Gottes Hilf' wird die Ungarische den Pfarrer schon herumkriegen!«
»Ah«, sagt der Lois, »die kann a wild's Roß bändigen, aber net den Pfarrer zum Guten überzeugen!«
»Am Pfarrer zweifel i schon, aber net an der Ungarischen!« sag' ich, und die Mirl gibt mir recht.
»Ha! Eher heirat' i die Mirl, als daß der sein' Dickschädel aufgibt!« murrt der Lois weiter.
Die Mirl lächelt, als ob sie sagen will, daß er's eh tun wird, obwohl er die größte Unmöglichkeit damit meint.
Und wie ich an der Mirl entlang schau' von oben bis unten, da geht mir ein Licht auf, weshalb sie so lächelt.
»I werd' amal schauen, wie's steht, draußen«, sag' ich und

geh' hinaus. Der Pfarrer und die Ungarische reden schon ganz ruhig miteinander, bloß den Kopf schüttelt er noch zu oft.

»Du, Pfarrer, i hätt' was«, fang' ich an. »Der Lois hat mir grad' in sei'm Zorn g'sagt, daß er eher die Mirl heiratet', eh daß du nachgibst.«

Da halt ich ihm den Angelhaken vor, dem Pfarrer, der so lang nach dem Lois und der Mirl gefischt hat, daß sie sich trauen lassen sollen. Und der Pfarrer, der sich sagt, besser was als nix, meint, daß er also diese Bedingung stellt und noch eine, daß sich die Bauern vorher das Standbild anschaun und es mitverantworten sollen, daß es in die Kirche kommt, und dritttens, fängt er an, ob wir uns nicht auch gleich trauen lassen möchten.

Die Marika weiß nichts darauf zu erwidern, sie wüßt schon was, aber sie mag den Pfarrer nicht kränken und will auch mich bestimmen lassen.

»Uns laßt aus, Pfarrer! Der Lois und die Mirl, die ham an Grund zum Heiraten, und mir ...«

»Also blanker Eigennutz is es, bloß damit er sei' Standbild in die Kirchen kriegt!« klagt der Pfarrer.

Und ich hüt' mich, ihm zu sagen, daß er unrecht hat.

Aber er möcht' doch so gern auch uns im heiligen Stand der Ehe sehn.

»Sei liab, Ungarische«, sag' ich, »geh zum Lois und sag, daß das Standbild hineinkommt in die Kirchen!«

Der Pfarrer schaut mich verwundert an, weil ich so über seinen Kopf hinweg bestimm'. Dann nehm' ich mir ihn vor: »Hörst, Pfarrer, die zwaa ham an guten Grund zur Eh', die

Mirl wird a Kind kriegen. Die Ungarische und ich, mir ham kan solchen Grund mehr!«

»Red net so vermessen!« ermahnt mich der Pfarrer, und so erzähl' ich ihm, was damals war, wie alles zunicht' geworden ist.

Da schweigt er. Und wie ich ihn frag', ob er jetzt noch drauf besteht, da schüttelt er bloß den Kopf, nimmt mich am Arm und geht mit mir ins Haus hinein.

Die Ungarische hat den Zorn vom Lois schon etwas gedämpft gehabt, und der Pfarrer hat sich zu einer Rede verpflichtet gefühlt. Gesagt hat er, ihn hat die Frau Gräfin drauf gebracht, daß die alten Künstler früher ihre Frauen auch als Madonnen gemalt hätten, und so ist es noch eine Weil' weitergegangen mit sachlichen Erörterungen, zum Schluß hat er ganz gerührt gesagt, daß er vor allem seinen Segen dazu gibt, weil der Lois endlich die Mirl heiraten will.

Da platzt der Lois heraus und ruft:

»Reing'fall'n bist, Pfarrer, i hätt' eh die Mirl zur Frau g'nommen, weil's sich halt endlich erwiesen hat, daß es was is mit uns zwaa!«

Aber da ist der Pfarrer noch mit seinem Trumpf herausgerückt, daß sie die Bauern das Standbild erst anschauen sollen.

Das ist noch am gleichen Tag geschehen. Die Bauern sind so hingewesen, daß sie überhaupt bloß das wunderschöne Sankt-Georg-Roß gesehen und erklärt haben, den Heiligen wollten sie haben oder gar keinen!

So ist er also feierlich hineingebracht worden in die Kirche, und der Pfarrer hat eine Predigt gehalten, in der es nur so

gewimmelt hat von Gleichnissen aus dem Roß- und Menschenleben, daß es eine Freud' gewesen ist, ihm zuzuhören. Wie er fertig gewesen ist, nachher hat doch einer richtig Bravo gerufen vor Begeisterung. Das war ich.
Auf den Abend aber, wie wir bei uns im Haus zusammengesessen sind, da hat der Pfarrer erst recht bewiesen, daß er beschlagen ist mit der Pferdewirtschaft wie ein Roß mit guten Eisen.
Die Mirl hat wissen wollen, was das eigentlich für eine Rasse ist, die Lipizzanischen, zu denen der Majestätische gehört. Da hat der Pfarrer erzählt, daß schon die alten Griechen heilige Güter gehabt haben in der Gegend im Karst, wo heute noch die Italiener Rosse züchten, in Lipizza bei Triest. Im Jahr 1580 hat dann der Sohn vom Kaiser Ferdinand I., der Erzherzog Karl, das Gestüt für die Lipizzaner errichtet. Spanische Rosse, kastilische und andalusische hat er holen lassen, und die sind dann die Urahnen der heutigen Lipizzaner geworden, die noch heut den hohen edlen Kniebug ihrer Vorväter besitzen. Die Lipizzaner sind die Rosse der Kaiser geblieben, bis nachher im Weltkrieg die Donaumonarchie zusammengebrochen und Lipizza in italienischen Besitz gekommen ist. Da haben sie einen Teil der Pferde nach Piber in die Steiermark gebracht, und dort lebt er nun weiter, unser ältester Pferdeadel. In Ungarn sind Lipizzaner verblieben, in Jugoslawien und in Rumänien, aber in Wien und in Budapest haben sie die Spanischen Reitschulen, wo die Hengste geprüft werden, ob sie auch gute Väter für die künftigen Geschlechter sein können.
»Wann du wieder amal nach Wien hineinkommst, Mirl«,

sag' ich, »nachher schau dir den Prinz Eugen an auf'm Heldenplatz, der sitzt auf an Lipizzaner, und die Feldherrn, die bei der Maria Theresia am Denkmal sind, reiten alle Lipizzaner, am schönsten freilich ist der vom Prinzen Eugen!«
»Und wie die altspanischen Rösser ausg'schaut ham, des siehst am besten in Salzburg, wo die Wandgemälde an der Pferdeschwemm' san!« fügt die Ungarische hinzu.
»Und weißt denn aa, Mirl«, frag' ich, »warum der Hengst vom Prinzen Eugen a Levad' macht? – Sixt es, die Hohe Schul' is früher, wie sie noch mit die Degen g'fochten und mit die Faustrohr 'knallt ham, in Neapel als Kriegskunst betrieben worden!«
Ich erzähl', daß ein Roß in der Levade seinen Reiter vor den Kugeln des Feindes mit seinem eignen Leib gedeckt hat und daß es mit der Kapriole wider den Verfolger ausgeschlagen hat. Tapfer mitgekämpft haben die Rosse damals, bis nachher die Schulreiterei zur Kunst geworden ist und zur besten Methode, Pferd und Reiter zu erziehen. 1735 ist die Spanische Reitschule in Wien eingeweiht worden mit einem großen Reiterfest, wie der junge Fischer von Erlach den Prachtbau vollendet gehabt hat. Und die Spanische Reitschule hat heute noch ihren hohen Zweck wie ehedem. Was der Majestätische ist, das verdankt er der klassischen Hohen Schule, die gesunde Pferde mit freien Schultern und guten Lungen erzieht.
Die Ungarische lächelt dazu, wie wir mit Feuereifer der Mirl alles erklären und uns wohl auch ein wenig hervortun wollen mit unserer Pferdewissenschaft.
»Geh halt hin in die Spanische Reitschul' nach Wien«, sagt

die Ungarische zur Mirl, »da schaust zu und nachher wirst klüger, als wenn die Männer den ganzen Abend von der Reiterei reden!«
Die Ungarische hat vorbeugen wollen, es ist auf mich gegangen. Wenn ich anfang' von den Pferden, nachher find' ich kein End'. Immer geht's so, bald der Leopold und ich zusammentreffen, nachher täten wir tagelang von den Lipizzanern erzählen, wann wir nicht unbedingt zur Nacht schlafen und den Mund halten müßten.
Sie sollten uns halt einmal besuchen in Ungarn, der Pfarrer, die Mirl und der Lois, meint die Marika. Die beiden wollen schon, aber der Pfarrer sagt, daß er seine Leut' im Dorf auch nicht auf ein paar Tag allein lassen kann, weil nachher gleich alles drunter und drüber geht. Am End' tät nachher der Schwaigerbauer sich wieder an das Spottaferl erinnern und mit jedem im Dorf eine Rauferei anfangen, weil er meint, daß er den Schuldigen mit erwischt, wann er sie alle verprügelt. Nein, so gern er der Frau Gräfin die Ehr' erweisen tät, aber der Pfarrer kann nicht den Rücken wenden, noch dazu, wo jetzt auch der neue Sankt Georg ein so zweifelhaftes Vorbild bekommen hat.
»So schlimm is er aa wieder net, Herr Pfarrer!« verteidigt mich die Ungarische. Grad weil jetzt ein zünftiger Reiter auf dem Sankt-Georgs-Roß sitzt und ihm eine Frau auf die Finger schaut, könnte der Pfarrer schon einmal hinüberkommen nach Ungarn, wo der Wein wächst, der ihm so gut schmeckt.
Die Ungarische hat die letzten Flaschen auf den Tisch gebracht, und der Pfarrer bleibt uns kein Prosit schuldig. Ob

er nicht doch einmal Lust hätte, die schönen Lieder abends in der Pußta zu hören? fragt die Ungarische weiter, und damit er einen Geschmack drauf kriegen soll, singt sie ein altes, ungarisches Reiterlied. Wie sie fertig ist, sagen sie, daß es sehr schön ist, aber wie der Text denn auf deutsch heißt. Sie antwortet nicht, sondern macht uns ein Zeichen zum offenen Fenster hin. Der Majestätische hat seinen Abendrundgang im Hof und Garten gehalten wie immer, eh er sich im Stall niederlegt. Jetzt steht er, angelockt von dem ihm bekannten Lied, das ich oft mit der Ungarischen auf unseren Ritten singe, am Fenster und schaut herein. Die Ohren hat er aufgestellt und spannt, denn eine gute Musik liebt er. In das Schweigen schmettert der Majestätische seinen stolzen Hengstruf, und die Ungarische schiebt sacht ihre linke Hand unter meine Rechte, die neben dem Weinglas auf dem Tische liegt. Ich falte meine Finger durch ihre, und so halten wir einander in wortlosem, heiligem Gelöbnis für die kommende Zeit, die Gott gut fügen und lang bemessen möge für den Majestätischen, für uns und euch, die ihr die edlen Pferde liebt wie wir!

Arthur-Heinz Lehmann

hat sich mit seinen humorvollen und doch so lebensklugen Menschen- und Pferdegeschichten längst in die Herzen unzähliger Leser geschrieben. Unnachahmlich ist sein Talent, bleibende Bilder des Lebens zu zeigen, von der immer neuen und erlebenden Wirklichkeit auf dieser Erde zu erzählen.

In ungekürzten Sonderausgaben
liegen folgende Romane vor:

Hengst Maestoso Austria
Die Stute Deflorata
Rauhbautz
Herz am langen Zügel
Die ewige Herde
Glück auf vier Beinen

Schneekluth